KEITAI
SHOUSETSU
BUNKO
SINCE 2009

君の消えた青空にも、

いつかきっと銀の雨。

岩長咲耶

JN167604

◎ STARTS
スターツ出版株式会社

カバーイラスト/望月夢乃

"雨の日に相合傘で校門を通ったふたりは永遠に結ばれる"
そんな伝説の残る学校で、君と出会って恋をした。

世界はとても優しくて温かく
美しいもので満ちている。

そう……信じていたあの日。

あの子の世界が消え去ってしまうまで。

それでも
それでも雨の日の校門前で
君はあたしに傘の下でキスをした。

contents

第 1 章

降り始めた雨	8
洗われるように美しい世界	12
遠ざかる背中	29

第 2 章

ひとりぼっちの涙	42
不穏な影と、繋いだ手	63
見知らぬ世界	76

第 3 章

呑み込まれる自分	94
柿ピーと茎ワカメ	119
世界の奥の扉	137

第 4 章

最後の文字 152

雨に打たれて 183

友達、だから 200

生まれてきてくれて、ありがとう 223

校門前、雨色に染まるキスをした 249

あとがき 264

第1章

降り始めた雨

「げー、ついに降ってきたあ」

「うえ、ほんと?」

「今日、傘持ってきてないのにぃ」

クラスメイトたちの声を聞いたあたしは、勢いよく顔を上げて、薄暗い教室の窓から空を見た。

空に立ち込める暗い雨雲から、わずかな音を立てて細い雨が降り始めている。

急いで窓辺に駆け寄り、3階の教室から見下ろせば、ちょうど下校時の校門前はカラフルな傘が無数に群れていて、一斉にユラユラと移動していく。

雨に湿った薄暗い空気の中で、色とりどりの花が咲いて動いてるみたいだ。

……やった! ほんとに雨だ! 雨が降ってる!

心の中で歓喜(かんき)の叫び声を上げながら、誰にも見えないようにこっそりガッツポーズ。

嬉しすぎてピョンピョン飛び跳ねたくなる気持ちを懸命に隠して雨を眺めていたら、すぐ後ろから声をかけられた。

「奏(かなで)。傘、持ってきてる?」

振り向けば、サラサラストレートのロングヘアの美少女が背後に立っている。

高校入学以来の、自慢の親友である藤森亜里沙(ふじもりありさ)だ。

亜里沙の肌は雪のように白くて、パッチリとした大きな

瞳と髪は、きれいな琥珀色をしている。

　たぶん生まれつき色素が薄いんだろう。

　左右対称に整っている目鼻立ちは、扁平な顔立ちのあたしからすれば羨ましい限りの凹凸具合だ。

　本人はそんなはっきりした顔立ちを嫌がってるけど、まるでハーフのような大人びた美貌は学校で一番。いや、絶対に"県"の中でも一番の美少女だとあたしは確信している。

「ううん。持ってない。でも亜里沙って、いつも折りたたみのヤツ持ってるよね？」

「それが、たまたま今日に限って忘れてさ。なんであたしってこう、天候に恵まれないかな？」

　亜里沙はあたしの隣に立ち、空をジロリと睨んだ。

　風が吹けば倒れそうなほどはかなげな雰囲気のある彼女は、あまり知られていないけど、実は性格がかなりキツイ。

　風どころか、暴風雨だろうが嵐だろうが、亜里沙は決して怯まない。

　この前の大きな台風の時だって、皆勤賞を狙っていた亜里沙は、傘をさして強引に登校したくらいだ。

　豪雨が煙って視界を曇らせる中、黙々と彼女は歩いて、歩いて、意地と根性で歩いて歩いて歩き続けて……。

　あと5メートルで校門という所で、なんと車に轢かれてしまった。

　車がスピードを出してなかったおかげで、奇跡的に打ち身と捻挫で済んだんだけどね。

学校はそれから数日間欠席。
　彼女がそうまでしてこだわった皆勤賞の夢は、それであえなく散ったのだ。
　ちなみにその日、悪天候のため臨時休校になっていたのを亜里沙は知らなかったらしい。
　凛とした美少女だけど、そんな風に妙に抜けてるかわいい部分があたしは大好き。
「お母さんに車で迎えに来てもらうけど、奏も一緒に帰らない？」
　――ギク……。
　亜里沙の親切な申し出に、あたしは中途半端な笑顔を見せながら首を横に振った。
「い、いいよそんな、悪いもん！　あたし歩いて帰るよ！」
「歩くって、傘持ってないんでしょ？　遠慮しないで。奏の家なら車ですぐだし」
「いやいや大丈夫大丈夫！　今すぐ帰ればまだそんなに濡れないだろうから、すごく大丈夫！」
　首だけじゃなく、両手も全力でブンブン横に振って必死に遠慮した。
　だって絶対、車なんかで送られるわけにはいかない。
　今日、あたしは歩いて校門を通りたいの。
　ずーっとずーっと、雨が降るのを待ち続けていたの。
　一ヶ月も待ち続けて、その日がついに来たんだから！
　……ね？　凱斗……。
　あたしは心の中で凱斗に呼びかけながら、あの日のこと

を思い出していた。
　思うだけでくすぐったい気持ちになる、あの忘れられない特別な、あの時間。
　とてもきれいな世界の中で、あたしと凱斗の間にすてきな希望が生まれた、あの時のことを……。

洗われるように美しい世界

　ちょうど下校のタイミングに降りだした雨を見上げたら、まるで天から落ちる銀色の糸みたいに見えた。

　生徒玄関の横に並んで咲く赤い花が、細い雨を受けて、うなずくように小さく揺れている。

　……んー。この程度なら、家に着くまでそんなに濡れなくて済みそうだな。

　下校中の生徒たちにまぎれて、そんなことを考えながら急ぎ足で校門へ向かうあたしの頰に、シトシトと雨が落ちる。

　学校から自宅までの距離は、歩いてせいぜい10分程度。

　近さが魅力でこの高校に進学したけれど、こんな風に突然の雨に見舞われた日は、とくにその恩恵を感じる。

　たいして強くもない雨だけど、濡れるのはやっぱり気持ち悪いから走って帰ろっかな。

　よし！　スタート！
「よう、向坂」

　うおっとと！　ストップストップ！

　校章が刻まれた門柱からダッシュし始めた矢先、背後から名前を呼ばれて足を止めた。

　振り向いた先には制服姿の、傘をさした男子。

　長めのまつ毛で縁取られた、切れ込みの深い二重まぶたの目が穏やかに微笑んでいる。見慣れたその笑顔が、彼の

優しい性格をよく表していた。
「お前、傘持ってねえの?」
　耳慣れたこの低い声は、あたしにとって特別な声なんだ。
　なぜなら密かに片想いしている彼、木村凱斗の声だから。
「う、うん！　朝は降ってなかったし、持って歩くの面倒でさ」
　サイドを自然に分けた彼の黒髪がふわりと風に揺れていた。
　凱斗の姿を見たとたん、ヘリウムガス入り風船が膨らむように心がフワリと浮き上がる。つられて顔まで浮かれそうになって、あたしは慌ててほっぺたを引き締めた。
　凱斗とは、ある出来事がきっかけで、いろいろと話すようになったんだ。
　高校の合格発表の日に、思いがけないアクシデントに見舞われたあたしを助けてくれたのが、凱斗だった。
　ふたりが出会ったあの日のことを、あたしは昨日のことのように鮮明に思い出せる……。

「え？　なんで？」
　まだ、桜も小さな蕾を固く閉ざしている3月上旬。あたしは、春先の冷たい風に吹かれて鼻の頭を赤く染めながら、合格者発表掲示板を見上げて目を丸くした。
「ない……」
　あらかじめ家を出る前に、受験した高校のサイトで発表を見て、自分の番号が載っているのをちゃんと確認した。

なのに、実際の掲示板を見たら、あたしの番号がどこにもない。
　しばらくポカンとした後で、急激に不安に襲(おそ)われたあたしは、ザワつく胸を冷たい両手で押さえた。
　きっと手違いがあったんだろうけれど、じゃあ、ネットと掲示板のどっちが間違っているの？
　合格だと思って喜んでいたのに、今さら不合格かもしれないなんて。
　とつぜん落とし穴に落ことされたような、大きな動揺と困惑で頭がいっぱいになる。
　合格の歓声に沸く周囲の賑やかな空気が、余計に気持ちを焦らせた。
　どうしよう。お父さんにもお母さんにも、『合格したよ』ってメッセージを送っちゃったのに。
「なあ、具合悪そうだけど大丈夫か？」
　あたしがよほど青ざめていたのか、隣で掲示板を見上げていた見知らぬ男子が話しかけてきた。
　周りの大騒ぎにまぎれてしまいそうな穏やかな声のトーンと、深い二重まぶたの目が優しそうな男の子。彼はあたしの顔を心配そうに覗き込んでいる。
　普段のあたしだったら、初対面の男の子に声をかけられたりしたら、恥ずかしくて逃げだしちゃう所だ。
　でも心細さに押しつぶされそうな今は、それどころじゃない。
「あの、高校のサイトにはあたしの番号が載っていたんだ

けど、この掲示板には載ってないの。どうすれば……」

 しゃべっているうちに、涙が込み上げてきて言葉につまってしまった。

 泣くのを我慢して唇を嚙んでいるあたしを、その男の子は少しの間見つめてから、しっかりした口調で答える。
「どうすればって、たしかめればいいだろ?」

 真っ直ぐな目で、真っ当なことをあっさり言われたせいで、張りつめていた気が抜けて、涙も引っ込んでしまった。

 そ、そう、だね。たしかめればいいんだよね?

 それしかないのは、あたしもわかるけど。

 でもたしかめて、実際は不合格だったらどうしようって考えると、怖くて足がすくんでしまうんだ。

 それに、たしかめるためになにをすればいいのか、わかんない。

 口をつぐんで困惑しているあたしの様子を、まじまじと眺めていた男の子が、いきなりあたしの手首をつかんでズンズン歩きだした。

 え? なに?
「ほら。一緒に行ってやるから泣くなよ」

 人混みの間を器用にすり抜けながら進んでいく男の子に手を引かれ、危なっかしい足どりで歩きながら、あたしはキョトンとした。

 な、なんであたし、知らない男の子に手を引っ張られてるのかな?

 この人、あたしをどこに連れていくんだろう?

それでも、オロオロするばかりだった状況を彼が変えてくれたことに、心のどこかでホッとする。
　大勢の人たちで溢れ返った視界の中で、彼の柔かな黒髪ときれいな姿勢が、ひときわ鮮やかに映った。
　冷たい春風と、思いがけない不安のせいですっかり冷えてしまった体に、彼の体温が手首を通してじんわり伝わってくる。
　その優しい温もりが、なぜかあたしの胸を少しだけ苦しくさせた……。

　そうして、すっかり動揺していたあたしを事務室まで連れていって、掲示板に記載漏れがあったことを確認してくれたのが凱斗だった。
『良かったな！』って言って、一緒に喜んでくれた凱斗の笑顔を、あたしは今でも覚えている。
　それからひと月後の入学式の日に、あたしたちは同じクラスで偶然再会した。
　お互い同時に『あ！』って言いながら、指をさし合って、そのバッチリのタイミングに笑った。
　それからあたしたちは、よく話すようになったんだ。
　お互い、子どもの頃から海外ミステリーのファンだったとか。
　アップテンポの曲より、バラード調の静かなラブソングが好きだとか。
　ネコ好き人間にとってバイブルであるテレビ番組の、『岩

○光昭の世界ネコ歩き』の大ファンだとか。
　話すたびに趣味や好みに共通点が見つかって、あたしたちは大いに盛り上がった。
　凱斗と話してると、とってもワクワクする。
　凱斗と一緒にいると、すごく楽しい。
　クラスのみんなが名前を呼び捨てにするから、あたしも自然に"かいと"って呼べるのが、なんだか嬉しい。
　そんなくすぐったくて温かい気持ちが、気がついたら熱いドキドキに変わっていた。
　だから、進級して今年は凱斗と別のクラスだと知った瞬間のショックは、すさまじかった……。
　でも凱斗は廊下ですれ違ったりした時とか、いつもこんな風にあたり前みたいに話しかけてきてくれる。
　凱斗の姿を見てると、彼の周りだけが特別な空間に見えるから、不思議。
　雨の降る薄暗い夕暮れなのに、彼だけすごくハッキリ鮮やかに見えるんだ。
「用意の悪いヤツだなあ。傘くらいちゃんと持ってこいよ」
「ふーんだ。あたしは家が近いから大丈夫なんですぅー」
　そんな憎まれ口を叩いている間も、あたしの心はピンポン玉みたいにポンポン弾んでる。
　凱斗と話すたびに感じる軽やかに浮き立つ感覚が、とても好きなんだ。
「いくら近いったって、どうしても濡れるだろ？　ほら」
　凱斗は自分が持っている傘を、あたしに向けてちょっと

傾けた。
「入れよ。家まで送るから」
　大きく弾んだピンポン玉が、ポーンッと音を立てて弾けた。
　……え？　入れって……。
　それって、つまり、相合傘……ってこと！？
　えええ————！？
　直立不動で目を丸くしているあたしの顔にカーッと血が集まって、緊張の汗がドワッと噴き出してくる。
　我ながら、みっともないほどの動揺っぷりだけど、あたしが相合傘にこれほどオロオロしちゃうのには、正当な理由がある。
　……うちの高校には、伝説があるんだ。
　うちの校舎は、全学年の全クラスの教室が、正門と向かい合うように建てられているせいで、どの教室からも校門前を通る生徒の姿が丸見えだった。
　だから当然、男女ペアになって帰ったりすると、周囲にバレバレ。
　そうなると問答無用で、ふたりはカップルとして学校中から公認されてしまう。
　とくに相合傘で一緒に下校なんぞしようもんなら、それが決定打となってしまうんだ。
　周り中からさんざん冷やかされ、羨ましがられ、妬まれ、卒業するまで……ううん、卒業してからもずっとネタにされ続ける。

そのせいでうちの高校では、"雨の日に相合傘で校門を通ったカップルは、永遠に結ばれる"って、昔からの伝説として語り継がれているんだ。
　それはうちの学校の女子生徒にとって、ものすごい憧れ。
　だって、"君は永遠に僕のものだと全校に宣言する。他の男に手出しなんか絶対にさせない"っていう、最高の愛情表現なんだもの。
　凱斗だってそれを知らないわけがない。
　そのうえで、あたしを誘ったってことは……。
　心臓がバクバクと破裂しそうに動きだす。
　濡れた髪の冷たさも忘れるほど、顔も体も沸騰しそうに熱い。
　体中を超特急で血液がグルグル駆け巡ってる。
　どうしよう！　どうしよう！
　女の子なら誰でも一度は夢みる憧れの瞬間が、とつぜん訪れちゃった！
　頭の中は紙吹雪が舞い散るカーニバル状態。心の準備なんて当然できてない。
　あたし、どうすればいい？
　どんな返事をすればこの瞬間が、あたしと凱斗にとって最高にすてきな記憶になるんだろう!?
「おいおい、なに呼吸困難に陥ってんだよ。心配しなくても大丈夫だって」
　興奮して口をパクパクさせてるあたしを見て、急に凱斗がプッと噴き出した。

「ほら見ろ。校門はもう出てるだろ？」
「え？」
「俺たちもう門から出てるんだから、ぎりぎりセーフだよ」
「あ……」

 あたしは少し離れた場所にある校門を見た。

 そ、そうか。そういえば。

 伝説は、みんなの目の前で"校門を通る"ということが絶対条件。

 校門から1歩でも出てしまった位置では、たとえ一緒に下校したって相合傘をしたって、学校公認カップルとはみなされない。

 て、ことは……。

 なーんだ。凱斗はほんとに、濡れてるあたしに気をつかっただけなんだ。

 あたしと公認カップルになりたいわけじゃないんだ。

 そりゃそーだよねえ。あたしが告白なんかされるわけないじゃん。

 やだもー。あはは……は……。はあー。

 ガクッと脱力した全身から、さっきまでの緊張と興奮が嘘のように一気に冷めていく。

 濡れた体に風がヒュルル〜と吹いて、すごく寒い。

 歓喜に潤んでいた目にも風がしみる。

 ううん、別の意味で潤んじゃいそう。

 それでも落胆しているのが凱斗にバレないように、あたしはうんと明るい声を出した。

「んもー、びっくりしたよ！　告白されるのかと思ってめちゃ焦ったじゃん！」
「勝手に早トチリしたのはそっちだろが」

　ちょっぴり傷つくセリフを言いながら、凱斗は笑って近づいてくる。

　そしてあたしの真ん前に立ち、大きな傘をさしかけてくれた。
「ほら、早く入れよ。……風邪ひくぞ？」

　見上げれば、濃い青色の傘の下、屈託のない笑顔であたしをじっと見つめている。

　その目を見つめ返すあたしの胸に、ポッと小さい温かな明かりが灯る。

　ああ、やっぱり凱斗は特別だね……。

　切ないような、嬉しいような、不思議な痛みが心をキュンと鳴らした。

　そんなあたしたちを、下校中の周りの生徒たちが興味津々という目で見てる。

　うん、ただの相合傘だって特別なことだもん。

　あたしたちひょっとして今、周りからは仲良しカップルに見えてたりするのかも？

　そう思えばこうして凱斗が誘ってくれたのは、やっぱりスペシャルにラッキー。

　すっごく嬉しい。へへ。
「ありがとう」

　あたしは素直にそう言って1歩歩み寄り、傘に入りなが

ら凱斗に向かって笑いかける。
「どういたしまして。じゃ、行くか」
「うん」
　そして、あたしたちは並んで雨の中を歩きだした。
　ためらいがちに傘をノックしているような、ささやかな雨音が降る。
　その密(ひそ)やかな音が、あたしの胸の奥の隠したい鼓動(こどう)のリズムと等しく刻まれた。
　……うん。隠したいんだ。
　知ってほしいけど、知られたくないんだよ。
　だから沈黙(ちんもく)が怖いの。
　黙っていると、あたしの心臓の音が隣まで聞こえてしまいそうで。
　あたしは、この気持ちを知られてしまわないように凱斗に話しかけた。
「助かっちゃった。濡れて帰るとお母さんに怒られるんだよ。スカートにアイロンかけるの面倒くさい！って」
「お前、アイロンくらい自分でかけろよ」
「自分でやったらヤケドしちゃったんだもん。太ももを」
「……なんで太もも？」
「かけ終わって『ふうっ』って油断した瞬間、自分の太ももにアイロン置いちゃったんだ。絶叫しちゃった」
「どこをどう油断すれば、太ももにアイロン置くんだよ？」
　あたしたちは声を上げて一緒に笑った。
　街路樹(がいろじゅ)の葉先を飾る透明な雨のしずくが、クリスタルみ

たいにキラキラ輝いている。
　濡れたアスファルトの小さな水たまりに次々と生まれる、きれいな波紋。
　絶え間ない雨音も、リズミカルな鼓動も、何気ないすべてが、とてもすてきなものに感じられた。
「向坂、肩が濡れてる。もっと俺の側に来いよ」
　何気ない凱斗の言葉に、心臓がドキンと大きく跳ね上がった。
　もっと、俺の側に、来い!?
　な、なんて大胆なセリフをサラッと言ってくれるんですか、凱斗ってば！
「い、いい。大丈夫だから」
「大丈夫じゃないだろ」
「平気だってば！」
「濡れてるって。ほら」
　凱斗はあたしが濡れないように、あたしの方にばっかり傘をさしかける。
　そんなことしたら凱斗がびしょ濡れになっちゃう。
　あんた、肩幅広いんだもん。
　あたしは仕方なく凱斗に寄り添った。
　しっとりと湿ったお互いの制服同士がこすれて、独特の匂いが立ち昇る。
　それくらい近い距離に凱斗を感じて、胸がギュウッて締めつけられる。
「向坂、顔が赤いぞ？　寒いのか？」

「う、ううん」
　あたしはブンブン首を横に振った。
　濡れた体は冷えているはずなのに、ちっとも寒くないの。
　寒いどころか熱いんだ。
　せわしなく動く心臓が指先までドキドキを運んで、顔だけじゃなく、体中が桃色に染まるくらい。
「ね、ねえ知ってる？　体育館の用具室の怪談話！　リエが幽霊見たんだって！」
「ガセだろ？　どうせ」
「今度さ、学食の塩ラーメン、値上がりするらしいよ!?」
「ふーん」
「植松君がね、ついに亜里沙に告白したみたい！」
「そりゃ気の毒に……。確実に振られたな」
　必死にペラペラと話題を提供しながら、あたしは真っ直ぐ前だけを向いて歩き続ける。
　凱斗の顔、恥ずかしすぎて見られないから。
　空から雨の落ちる音がする。
　車道を走る車のタイヤが飛沫を巻き上げる音。
　傘の露先からしずくが滴り落ちる音。
　さまざまな水音が混じりあって空気を震わし、そのぜんぶが夕暮れに溶けていく。
　そしてあたしの心はさっきからずっと、たったひとつの名前の音を紡いでる。
　か・い・と。
「奏……」

「え!?」
　いきなり名前を呼ばれて、あたしは驚いて凱斗を見上げた。
　あたしの心の声、まさか聞こえた!?
「いや、雨がいろんな音を奏でてるなあと思って。好きなんだ。雨音」
「…………」
「そういやお前の名前じゃん。奏」
　横目であたしを見ながら、凱斗が微笑む。
　眩しすぎて、とても正視できない。心臓が痛いくらいに激しく鳴って、声も出せない。
　好きな人が……初めて、自分の名前で呼んでくれた瞬間なのに……。
　それからは、傘の下の小さな世界の中をふたりで黙りこくって、ピシャピシャ水を踏みながら歩いた。
　もっとゆっくり歩かないと、水が跳ねて汚れちゃうね。
　だからさ、もっとゆっくり歩こうよ。
　家までゆっくりゆっくり、うーんと時間をかけてさ。
　ねえ、ダメ？　凱斗……。
「着いたぞ。たしかここだよな？　お前んち」
　幸せな時間は、ほんの一瞬。
　あっという間に家に着いてしまった。
　ああ、自宅まで歩いて10分の通学路が今はこんなに恨めしい。
「うん。どうもありがとう」

離れたくない気持ちを胸の奥に押し込んで、あたしは笑顔でお礼を言った。
　そして凱斗の隣から小走りで門を通り抜け、背の低い庭木が並ぶ玄関に向かう。
　軒下(のきした)で雨を避けながら、凱斗に向かってバイバイした。
「早く家の中に入れよ」
「うん。また明日ね」
「いいから早く中に入れって。見送らなくていいから」
「うんうん、わかった。そうする」
　そう言いながらなかなか中に入ろうとしないあたしを、凱斗が笑う。
　そしてあたしと同じように手を振って、帰り始めた。
　ところが数歩進んだ足がピタリと止まって、凱斗は妙に落ち着かない素振りでその場から動かない。
　どうしたんだろう？
　あ、もしかして帰り道わかんなくて困ってるのかな？
　そう思って見ていると、凱斗は視線を泳がせながらあたしに話しかけてきた。
「あのさ」
「ん？」
「お前、いつも学校に傘持ってこねえじゃん。今度雨降ったら、また俺の傘に入れてやるから」
「…………」
「俺、いつも傘用意してんだ」
　とつぜん、言いながら凱斗は身を翻(ひるがえ)して走りだした。

「奏のために」
「…………！」
　凱斗の姿はブロック塀の陰に隠れて、すぐに見えなくなった。
　駆けていく足音もあっという間に遠ざかり、彼の気配はもう、どこにもない。
　あたしはポカンと口を開け、目を大きく見開いて、見えない姿をずっと見送っていた。
　……聞こえたのは、ほんの一瞬。
　雨音にまぎれていたし、走り去りながらの言葉だったから、ほとんど聞き取れなかった。
　あれってあたしの聞き間違い？
　幻聴？　幻覚？　幻想？　でも……。
　凱斗の頬、赤く染まっていた気がする。凱斗、照れていたの？
　あたしのために、いつも傘を用意してる？
　いつかあたしと相合傘で校門を通りたいって意味？
　じゃあ、まさか凱斗も、あたしのことを……？
　あたしは、祈るように空を見上げた。
　銀色の細い雨が真っ直ぐに降りそそぎ、屋根や、土や、木々を包み込む。
　しっとりと立ち込める雨の匂いを嗅ぎながら、何度も何度も記憶をリピートさせた。
　走り去る凱斗の、一瞬の横顔。
　彼のかかとが蹴り上げた水飛沫(みずしぶき)の透明。

それはあたしの心を、世界を包む雨音よりも強く鳴らして激しく揺さぶった。
　心臓がドクドクするたび、あたしの胸は期待に弾んで、膨らんでいく。
　喜びや、願いや、夢や、祈りが、まるで透き通った泉のようにどんどん溢れてくる。
　世界は希望に包まれている。
　美しいものでいっぱいで、キラキラした優しいもので満ちている。
　だからどうか、どうかお願い。
　その中でも一番美しいものが……。
　あたしの好きな凱斗のたったひとつの心が……。
　どうかあたしを想ってくれていますように……。

遠ざかる背中

　あの日を思い出すたび、胸がキュウッと苦しくなって、でも顔が勝手にニヤけちゃうのが止まらない。

　あの日からあたしは、どれほど雨が降るのを待ち望んだことか。

　毎朝、目が覚めて真っ先に確認するのは天気予報。

　テレビの降水確率を見て一喜一憂して、確率が高ければ高いほど、明るい希望に胸が膨らんだ。

　どんなにお母さんに小言を言われたって、絶対絶対、ぜーったい、傘は持たずに登校し続けた。

　そうして準備万端で待機していたんだけれど……。

　今度はなかなか、肝心の雨が降らなくて……。

　雨って降ってほしくないときは遠慮なく降るくせに、待ち望んでいるときは降ってくれないんだ。

　バスの到着時刻もそうだよね。

　早めにバス停で待ってる時はなかなか来ないくせに、なぜかこっちが遅れた時に限って、あと1歩の所で、無情にも置き去りにされてしまう。

　つまりすべては、タイミングなんだ。

　雨の日もあるにはあったんだけど、下校時に降ってくれないと意味がない。

　午前中で止んでしまったり、ちょうど下校のタイミングで晴れてしまったり、傘をさす必要もないような弱い雨

だったり。

　わざとイジワルしてるとしか思えない空を見上げて、心の中で何度もシクシク泣いたっけ。

　しかも凱斗とあたしの下校のタイミングも最近、なぜかまったく合わなくて、なんかもう運命のイタズラに翻弄される悲劇のヒロインのような気分だった。

　そうしてイジワルな天気に泣かされ続け、肩透かしされ続け、辛抱し続け、イライラし続けて……1ヶ月。

　やっとやっと、ついにこの日がやってきたんだ！　今日こそ凱斗の本音が聞けるかもしれない！

　そんな期待に満ちたあたしの耳に、クラスメイトたちのはしゃぐ声が聞こえる。
「あ、ほら見て。相合傘、発見！」
「あれって沢田先輩と村山先輩じゃん!?」
「知らなかった！　意外な組み合わせー！」

　騒ぎ立てる声につられて、他の女子たちも目を輝かせながら近寄ってくる。

　みんな窓ガラス越しにカップルを発見しては、口々に黄色い歓声を上げていた。

　男子はそんな女子たちをバカにしたように笑って見ているけど、内心興味があるのはバレバレ。

　その様子を横目で眺めていた亜里沙が、冷めた口調でつぶやいた。
「すっかり元通りになったね」

　その言葉に込められた意味を理解して、あたしは小さく

うなずいた。
　……実は1ヶ月ほど前に、うちの学校で大事件が起きた。
　1年生の女子生徒が、自殺してしまったんだ。
　しかも事件が起こったのは、あたしと凱斗が一緒に下校した日の夜。
　翌日、なにも知らずに浮かれ気分で登校したあたしは、校内に漂う緊張感と自分の幸福感とのギャップにひどく戸惑った。
　それからしばらくの間、うちの学校は落ち着かない日々が続いた。
　その日は午前で授業が終了。午後から緊急保護者会。
　スクールカウンセラーが毎日学校に来ていたし、短縮授業が続いて、いじめに関するアンケート調査も行われた。
　地元のテレビ局も校門前で毎日撮影してたし、学校中がザワついていたんだ。
　……でもうちのクラスは、たいして変化はなかったんだけどね。
『ねえ、自殺したのって誰？』
『1年2組の入江小花って子だって。誰か知ってる？』
『知らない。地味な子だったみたい』
『なに？　いじめ？　いじめ？』
『わかんないけど、たぶんそうなんじゃない？』
『きっとそうだよね。かわいそうにね』
　女子たちが、他人事としてそんな噂話をする程度だった。
　クラスの熱血男子が、『お前ら、なんでそんなに冷たい

んだよ！　その子のために泣いてやれよ！』って、やたら怒ってたけど。

　もちろんあたしだって、身近でこんな事件が起きてすごく驚いたし、かわいそうだと思うし、重く受け止めなきゃいけないって気持ちは本当にある。

　だけど、なにしろまったく知らない子だから実感が湧かないんだ。

　その子はクラスの中では、目立たない存在だったらしい。でも調査の結果、とくにいじめを受けていたというわけでもないらしく。

　ここ最近、悩みごとがあったみたいで、おそらくそれが自殺の原因だろう……ということだった。

　社会的に問題が大きくなりがちないじめが原因じゃなかったことで、事態はするすると収束していった。

　テレビ局も来なくなって、インタビューされた子が得意げにその話をすることもなくなって、そうなると校内を覆っていた奇妙なザワつきは、あっという間に収まっていった。

　もちろんまだザラつく空気は漂っているけど、少なくともあたしたちは、それまでの日常と変わらない日々に戻っていた。

「奏、やっぱり一緒に帰ろうよ。今、お母さんに電話するからちょっと待っててね」

　その亜里沙の声に、あたしはハッと我に返った。

　そうだ！　あたし、こんなことしてる場合じゃない！

タイミングだよ、タイミング！
　凱斗に先に帰られたら大変だ！　今すぐ生徒玄関に向かわなきゃ！
「ごめん亜里沙、あたし急いで帰るから！」
　あたしは自分の席に駆け寄り、リュックを引っつかんで教室を飛びだした。
「ちょっと奏!?」
「ばいばーい！　また明日ね！」
　後ろから聞こえてくる亜里沙の声に返事をしながら、廊下を突っ走る。
　実は亜里沙にはまだ、あの時のことは話していないんだ。
　凱斗に片想いしてることはずっと前から打ち明けているけど、だからこそ、あの日のことは言いたくても我慢していた。
　だって正直、自分でも半信半疑だし。
　もしも亜里沙に話した後で、ただの聞き間違いだったのが判明したら、それって恥ずかしすぎる！
『歩きながら夢でも見てたの？　奏らしいね』って笑われちゃう。
　そんなみっともないオチはかんべん願いたい。
　でも凱斗の気持ちがハッキリしたら、その時は一番に亜里沙に言うんだ。
　あたしたち、実は両想いだったよって。
　どうか今日こそ、そんな嬉しい報告ができますように！
　階段をダダーッと駆け下り、息を切らしながら生徒玄関

まで走ったあたしの目に、好きな人の姿が飛び込んでくる。
　……あ、良かった、いた！　凱斗！
　軒下でじっと空を見上げている凱斗の手に、あの時と同じ青色の傘が握られているのを見て、あたしの心臓が一気にドキドキと緊張の音を立てる。
　凱斗、ひょっとしてあたしのこと、待っててくれてたのかな？
　嫌でも膨れ上がる期待を胸に凱斗の背中を見つめているうちに、あたしはハッと困ってしまった。
　どうしよう……。
　傘に入れてって言えばいいのかな？
　でもそれだと、あたしの方から凱斗に告白してることにならない？
　いやー、ちょっとそれは。だって一応、あたしにも夢や憧れってのがある。
　学校の伝説的に言っても、男子の方から告白するのが取り決めだし。
　そんなことをごにょごにょ考えているうちに、凱斗が傘をパッと開いて歩きだしてしまった。
　うわあぁ！　待って待って凱斗！
　あたし、ここにいるんだよ！
「か、凱斗！」
　凱斗が振り向き、あたしと目が合った。
　少し長めのまつ毛に縁取られた彼の両目が大きく見開かれて、そのままあたしたちは見つめあう。

あたしはもう、人形みたいに固まりながら、凱斗の目を見返すだけで精いっぱい。
　緊張のあまり顔が真っ赤になって、頬もピクピク引きつってしまっている。
　だって心臓、口から飛びでそうなんだもん！　ドキドキしすぎて息が苦しい！
　ねえ、お願い凱斗。黙ってないで早くなんか言ってよ。『俺と相合傘で帰ろう』って、言ってお願い。
　お願い凱斗、凱斗、凱斗、凱斗……。
「ごめん、向坂」
「……え？」
　あたしは目をパチパチさせた。
　……なに？　ごめん？
　凱斗は目を伏せながら、苦しそうな顔でもう一度、同じ言葉を繰り返した。
「ごめん、向坂。ごめん」
　あたしはポカーンとしたまま突っ立っている。
　だってまさか、この状況で凱斗に謝罪されるなんて夢にも思っていなかったから。
　なにを謝られているのかもわからず、意味がわかんなくて、どうすればいいのかわかんなくて。
　なにがなにやら、まったく対応できない。
「……ごめんって、なに、が？」
　凱斗の肩越しに、あの日と同じ銀色の糸が見える。
　湿った空気の匂いも、雨に揺れる花壇の花も、耳に響く

水の音も、ぜんぶ同じ。
　なのにあの日とは、凱斗の様子がまるで違って見える。
　凱斗の表情が、絞り出すような声が、本当に本当に辛そうで、嫌な予感しかしないんだ。
　絶対、嫌な答えしか返ってこない。
　それがわかって、それが不安で、あたし……。
「もう二度と、お前を俺の傘に入れない。それに俺は、お前と一緒にあの校門を通らない」
　すぐ側の自転車置き場の屋根から、雨水がパラパラ……と地面に落ちる音がした。
　玄関先で大勢の生徒たちが、おしゃべりしながら次々と傘を開く音が聞こえる。
　だけど、聞こえてるけど、認識ができない。
　あたしの耳には、凱斗の言葉しか聞こえない。
「ごめん」
　凱斗はそう言ってくるりと背を向け、あたしを置いて歩きだした。
　あたしは揺れる傘の青色と、遠ざかっていく彼の背中を見ているしかない。
『待ってよ』とか、『なんで？』とか、『どうして？』とか、凱斗に聞きたいことがいっぱいあるのに。
　……聞けない。
『お前を俺の傘に入れない』
『お前と一緒にあの校門を通らない』
　それは、本当にひどい言葉で。

うちの学校の女子生徒にとっては、これ以上ないほど傷つけられる言葉で。
　それを好きな人に、ハッキリと言われて。
　それからさらに、好きな人の口から自分が拒絶された理由なんて、とても聞けない。
　そんなの、耐えられない……。
　こんな状況なのに、やっぱり凱斗の姿だけ、周りのなにもかもが霞むくらい鮮やかだった。
　凱斗は後ろを振り向くことなく、真っ直ぐに進んでいく。
　青色の傘は校門を出て。
　どんどん小さくなって。
　そしてついに、他の生徒たちの波にまぎれて、見えなくなった……。
　最後まで見つめていたあたしの耳に、ようやく周囲のざわめきが戻ってくる。
　女子生徒たちの甲高い笑い声や、いつの間にか強くなっている雨音。
　濡れて色濃くなったアスファルトの上を、明るい傘の花々が揺れ動く。
　その光景が涙でじゅわっとにじんで、あたしは、あの時の凱斗の言葉を思い出していた。
『俺、いつも傘用意してんだ。奏のために』
　……あたし、勘違いしてた？　やっぱりあれ、聞き間違いだったの？
　あの時、あんなにも幸せだったから、今が辛くてたまら

ない。
　自分が恥ずかしくて、情けなくて、みじめとさえ思う。
　両目がジンと潤んで、鼻の奥がツーンと痛んで、目の前がどんどん霞んでいく。
　ヤバイ。学校で泣いてるとこなんて、誰にも見られたくない。
　それなのに涙は勝手に盛り上がってきて、あたしは急いで玄関から外へ飛び出した。
　突き刺さるように雨が全身を叩く中、うつむきながら黙々と早足で校門へ向かう。
　雨の勢いが強いから、下を向いて顔を隠してても不自然じゃない。
　頬が濡れてても、きっと変に思われない。
　だからあたしは少しだけ安心して、家に向かうことができた。
　そうしてビショ濡れのみじめな姿で帰宅したあたしを、お母さんが怒り顔で待ち構えていた。
「あれほど傘を持っていけって言ったのに！」
　言い返す気力もなく、トボトボと廊下を歩いてリビングに入ったあたしは、濡れた制服をモソモソ脱いでお母さんに手渡した。
「たまには自分でアイロンがけしたら!?　好きで濡れて帰ってきたんでしょ！」
「好きで濡れたわけじゃない！」
　思わず怒鳴り返したあたしは、そのままリビングを飛び

だして自分の部屋へ駆け込み、ドアにカギをかけてベッドに勢いよく身を投げだした。
「こら、奏！　アイロンかけなさい！」
　ドアの向こうからお母さんの声が聞こえてくる。
　だけどあたしの頭の中は、別の声に占領されてしまっていた。
　凱斗が放った言葉が、太くて鋭い槍のように胸に深く突き刺さり、息もできないほどあたしを苦しめる。
　記憶から追い払おうとするたび、余計に思い出されて、傷口を抉られた。
　ドアの向こうから続けざまに聞こえる、お母さんの遠慮のない叱声も、あたしの心に追い打ちをかける。
　両耳を手でギュッと塞いで、歯を食いしばり、必死に痛みに耐えるしかない。
　お母さんはドアの向こうでしばらく怒っていたけれど、どうやら諦めたらしく、バタバタと乱暴にスリッパの音を響かせながら部屋の前から遠ざかっていった。
　あたしは少しだけホッとしながらゆっくり体を起こして、窓の外をじっと眺めた。
　……なんて重苦しい、鉛のような空の色。
　窓を叩き続ける無遠慮な雨の音は、止む気配なんか微塵も見せない。
　雨の音を聞くと、嫌でも思い出してしまうのに。
　凱斗と一緒に歩いた、あの幸せな時間を。
　そして青い傘が遠ざかっていく、さっきの光景を。

まぶたの裏に浮かぶ凱斗の笑顔や後ろ姿が、涙で霞んだ。
　体の傷が雨の湿度でジクジク痛むように、心の傷が疼いている。
　……明日からは、ちゃんと学校に傘を持っていこう。置き傘もしよう。
　傘を持っていかなかったせいで、変な勘違いをすることになってしまったんだもの。
　そうすれば、もう勝手な希望を抱くこともない。凱斗と一緒に下校することも、もう二度とないだろう。
　だって……あたしは失恋したんだ。振られてしまったんだから。
　薄暗い部屋で窓ばかり眺めていたら、なんだか外の景色が絵みたいに思えてきた。
　銀色の額縁の向こう側は、ほんの窓ガラス1枚を隔てた、ひどく暗くて非現実的な寒々とした世界。
　ただでさえ寂しいその世界が、涙で潤んで見える。
　あたしは電気もつけずに、窓を伝い落ちる雨の形を見つめていた。

第 2 章

ひとりぼっちの涙

　そして迎えた翌日。
　天気予報によると、降水確率は40％と微妙だったけれど、あたしは迷わず傘を持って家を出た。
　お母さんとは昨日からずっと冷戦状態だったけど、あたしが傘を持ってるのを見て機嫌が回復したらしい。
　そんなんじゃないのに。
　学校に着いて靴を履き替え、朝の雑多な雰囲気の溢れる階段を上っていく。
「おっはよー」
「ねー、宿題写させて」
「あ、提出プリントにハンコ押してもらうの忘れてた！」
　濃紺の制服がひしめきあう階段のあちこちから、いつもと代わり映えのない会話がワイワイ聞こえてくる。
　階段を上りきった所であたしは、ギクッと体を強張らせながら立ち止まってしまった。
　あたしの教室の手前に、凱斗がいたから。
　うちのクラスの仲良しの間宮君と立ち話をしている姿を見て、心臓がバクバクと嫌な鼓動を打ち始める。
「…………」
　あたしは唇をキュッと噛みしめ、うつむきながら歩きだした。
　凱斗の真横を、緊張しながら急ぎ足で通り過ぎ、教室に

逃げ込む。
　いつもならお互い笑顔で挨拶を交わすのに、今日は無言のままだった。
　凱斗は、こっちを見ようともしない。
　この不自然な空気が、昨日とは変わってしまった関係を自覚させて、心の切り傷が膿んだようにジクジクと痛んだ。
　この痛みがどうしようもなく悲しくて、辛くて、苦しくて、胸いっぱいに切なさが溢れる。
　でも凱斗が悪いわけじゃないし、そもそも失恋なんて、誰かを責めるようなもんじゃない。
　これはもう、どうしようもないことなんだ。
　だからせめて早めに気持ちを切り替えて、忘れてしまうに限る。
　自分にそう言い聞かせながらリュックを机の上に置いた時、亜里沙が近づいてきた。
「おはよう、奏」
「あ、おはよう亜里沙！　今日の古典って小テストだよね!?　お願い、教えてー！」
　あたしは意識して明るく振る舞い、凱斗のことを頭から追いだそうと努力した。
　さっそく机の上にテキストを広げて、亜里沙の説明に熱心に聞き入る。
「だからね、こっちは謙譲語で、こっちは尊敬語でしょ？　それによって主語が誰かを推理して……」
「…………」

「奏？　聞いてる？」
「あ、ご、ごめんもう1回」
　それなのに、気がつけば頭は勝手に凱斗のことばっかり考えてるし。
　凱斗の横顔や、笑顔や、あの背中が、あたしの心の中にもう貼りついてしまっているんだ。
　ダメだ。どうしても切り替えられない。
　そう簡単には好きな人を忘れられないし、失恋からは立ち直れない。
「はぁ……」
　気分は回復しないまま、あっという間に昼休みになってしまった。
　何度目かの溜め息をつくあたしを見ながら、亜里沙が首を傾げる。
「奏、今日は朝から溜め息ばっかりだね。どうしたの？」
「ねえ亜里沙、なんで人って意識しないようにすると、余計に意識しちゃうのかな？」
「意識しないように意識してるわけだから、それって結局、意識してるからよ」
「わかったような、わかんないような……」
　お弁当を亜里沙と向かい合って食べながら、そんな会話を交わしてまた溜め息をつく。
　亜里沙にぜんぶ打ち明けてなぐさめてもらおうかな？
　ひたすら笑い飛ばされて、逆に落ちこむ可能性も高いけど。……なんせ亜里沙は遠慮のない性格してるから。

親友だから話せることもあるし、親友だからこそ話しにくいことだってある。
　高校生にもなると、小さい頃と違って人間関係も単純じゃなくなるんだ。
　でも亜里沙の笑い声はいつも梅雨晴れの空みたいに、すこーんと抜けていて気持ちいい。
　おかげで、逆にふっきれて立ち直れる場合も多いんだけどね。
「今日も雨、降ってきそうだね」
　亜里沙が窓の方を見ながら言った。
　窓ガラスの向こうの空が濃い灰色にくすんで、今にも泣きだしそうに見える。
　あたしは無意識にボソッとつぶやいていた。
「雨って嫌い……」
「そう？　奏ったら最近、必死に雨乞いしてたじゃない？　雨が好きなんだとばかり思ってたけど」
「大嫌いだよ。日照り祈願して踊り狂いたいほど嫌い」
　昨日までは、あんなに雨が降るのが待ち遠しかったのに。
　凱斗の存在も、雨も、昨日の幸せが一転して今日の不幸に変わってしまった。人生って諸行無常だ……。
　凱斗のことを思うたび、切なさと痛みが胸を覆って、やりきれない。
　考えたくないのに、まるで自分で自分をいじめてるみたいだ。
　結局ずっと気分が晴れないままに午後の授業も終了し

て、清掃開始の放送が流れ始める。教室の当番の子たちが、机とイスをガタガタと運び始めた。

　あたしも亜里沙と一緒に、持ち場の廊下と水飲み場の掃除を始める。

　今日は班の子がふたりも風邪で学校を休んでるから、手が足りなくて大変だ。

　急いで拭き掃除を終えたあたしは、ふと顔を上げて亜里沙に話しかけた。

「そういえば今日って、特別教室の清掃チェックもあるんじゃなかったっけ？」

「そうだった！　んもー、忙しい時に限って！」

　清掃が終わると毎日、担当の先生が来て仕上がりをチェックされる。

　でも普段あまり使用しない特別教室は、週に1回しかチェックが入らない。

　だからみんな、そっちの掃除はほったらかしにしてるんだけど、今日はたまたま、そのチェックの日だった。

「あたしが行って、掃除してくる」

「奏、ひとりで大丈夫？」

「平気。適当にササッと掃き掃除だけしておくから」

　あたしは小走りに担当場所の美術準備室へ向かった。

　美術用教材がつめ込まれた準備室は、2階の端の、空き教室が並んでいる一角にある。

　生徒たちの賑わいから外れた教室に入ると、キャンバスや、イーゼルや、デッサン用の胸像のミケランジェロが出

迎えてくれた。
「こんにちは。ミケくん」
　胸像のミケランジェロ……通称"ミケくん"は、うちの学校の有名な怪談話の主役。
　誰もいない深夜の校舎で、人知れず彼は歌うらしい。その歌声を聞いた者が、もう何人も不幸な死を遂げている……らしい。
　誰もいない校舎で歌ってるんだから、それを聞いて死ぬ人間もいないはずなんだけど。
　という、もっともな理屈は横に置いておいて、あたしは教室の主であるミケくんに挨拶して、掃除用具が入ったラックに近づく。
　そして扉を開けてホウキを手に取った時、いきなり教室の扉がガラリと開く音がした。
　びっくりして振り向いたあたしは、さらに驚いて息を呑む。
「か、凱斗!?」
「向坂？　なんでここに？」
　そこには目を丸くした凱斗が、扉に手をかけながら立っていた。
　なんでって、それはこっちのセリフなんだけど！
「あたしはここの掃除当番だから。今日はチェックの日だし……。凱斗はどうして？」
　気まずさと驚きで波打つ心臓をなだめて、できるだけ自然な口調を心がけた。

やだ。昨日の今日で凱斗とこうして向き合って会話する
なんて。
　　凱斗も同じように感じているのか、バツの悪そうな顔で
答えた。
「たまたまさっき会って、間宮のヤツに頼まれたんだ。俺
の清掃場所、ここのすぐ近くだから」
「間宮君？　うちの班のリーダーの？」
「今日は人が足りなくてこっちまで手が回らないから、悪
いけど適当に掃き掃除だけでもしといてくれって」
　　……リーダー間宮ぁぁ──！
　　よりによって凱斗に頼むことないじゃん！
「あ、掃除だったらあたしがやっとくから。凱斗、戻って
いいよ」
　　あたしは引きつった笑顔でそう言った。
　　無理！　こんな静かな教室で凱斗とふたりっきりだなん
て冗談じゃない！
　　なるたけ早めに、できれば今すぐ、凱斗に立ち去っても
らいたい。
　　なのに凱斗はあたしの顔をじっと見ていたかと思うと、
教室の中に入り込んできてしまった。
「か、凱斗？」
「手伝う」
「え？」
「時間ないし、向坂ひとりじゃ大変だろ？　俺も手伝うか
ら」

……いいってー！

　と心の中で必死に叫んだけれど、凱斗はホウキを手に持ってさっさと掃除を始めてしまった。

　ど、どうしよう。まさか『気まずいから出てって』なんて言えないし。

　親切で言ってくれているのを拒否するのも、気が引ける。

　仕方なくあたしは覚悟を決めて、自分を振ったばかりの相手とふたりきりで掃除を始めた。

「…………」
「…………」

　当然、会話なんてゼロ。

　皮膚がヒリヒリするような、強烈な緊張感が漂っている。

　お互い不自然なくらい視線を逸らし、背を向けたまま、黙々と手を動かすこの空気が痛い。

　ああもう、なんなの？　傷口に塩をズリズリ擦りつけられるこの展開。泣けてくる。

　沈黙が、静寂が、重圧すぎるよ。

　凱斗に失恋したんだって事実を、これでもかってくらい強烈に思い知らされて、海に沈んだ鉛みたいに気持ちが落ち込んでしまう。

　こんなの、嫌だ。

　ふたりの関係が今まで通りにいかなくなることは覚悟してるけど、少しずつ時間をかけて、ぎこちなくても笑って話せる関係に戻りたいのに。

　こんなに痛々しい気持ちでいたら、それすらも叶わなく

なってしまうよ。
　毎日、当たり前に見ていた凱斗の笑顔が、もう二度と見られないなんて悲しすぎる。
　失恋はしたけど、あたしにとって凱斗の笑顔は、今でもかけがえのない宝物だ。
　失うなんて耐えられない。
　考えるだけで泣きそう。
　……神様、お願い。せめてあたしにもう一度、凱斗の笑顔を見せて。
　恋を成就させてほしいなんて贅沢は、言わない。
　凱斗が笑ってくれるだけでいい。
　あたしが恋するきっかけになった、あの誰よりもきれいな凱斗の笑顔だけでも、どうか取り戻させてください。
　そう祈った瞬間……。
　――ガシャーン！
　鼓膜が破れるかと思うほどの大きな音と一緒に、廊下に面したガラス戸を突き破って、サッカーボールが勢いよく飛び込んできた。
　ボールはガラスの破片を飛び散らせ、壁際の棚に激突して跳ね返り、ミケくんに直撃する。
　机の上のミケくんが落下して、首の部分から真っぷたつに割れてしまうのを、あたしは声も出せずに眺めていた。
　……凱斗の……両腕の中で。
　ガラスが割れる瞬間、気づいた凱斗がとっさにかばってくれていたんだ。

床の上を転がるボールと、無残なミケくんの姿を見ながら、あたしはすっかり気が動転している。
　教室内の惨状と、凱斗に抱きしめられている、思いがけないこの状況に……。
「やっべー！」
「あーあ、やっちまったー！」
　廊下からバタバタ、駆け寄って来る数人分の足音と声が聞こえてくる。
　するととつぜん凱斗が、すぐそこの戸棚の陰にあたしを抱きしめたまま急いで身を潜めた。
　壁にドンッと背中を押しつけられ、あたしは目を白黒させる。
「か、凱斗？」
「シッ。静かに」
　そう言いながら凱斗が、手のひらであたしの口を覆った。
　彼の手の感触を唇に感じてドキッとするのと、誰かが教室の中に駆け込んでくるのと同時だった。
「おわ！　ミケランジェロ死亡！」
「うわー、ガラスも派手に割れてんなー」
「誰だよ、ボール蹴ったの」
「おめーだよ。おめー」
「これ弁償か？」
　ここからだと誰が来たのか見えないけど、騒いでるグループの声を聞いて、すぐに見当がついた。
　3年の有名な問題児グループ。

この人たちはケンカや、弱い者いじめや、金銭がらみの問題をしょっちゅう起こしている。
　できれば一生、お近づきになりたくないタイプの集合体。
　きっと今日も掃除をサボって廊下でサッカーしてたんだろう。
「どーすんだよ」
「どーするって、どーもしねーよ」
「俺も知ーらねっとぉ」
「どうせ誰も見てねえよな？」
　グループのひとりが教室内を探る気配がして、あたしはギクッと身を固くした。
　見つかったらヤバイ。絶対に面倒なことになる。この人たちに目をつけられたら、タダじゃ済まない。
　急に怖くなったあたしは、無意識に凱斗のブレザーの襟をキュッと握りしめていた。
「大丈夫だ。声を出すな」
　耳元に、凱斗のささやき声が降ってくる。
　その音と一緒に、凱斗の温かい吐息があたしの髪と耳たぶに触れた。
　——ドキン……。
　こんな状況なのに、頬と耳たぶがカッと熱くなる。
　あたしは凱斗に口を塞がれたまま、ドキドキしながらコクンと小さくうなずいた。
「ミケ、見事に真っぷたつじゃん」
「恐怖の伝説もこれで終わりだな」

「なに？　俺たちがバケモノ退治しちゃったの？」
　ゲラゲラと下品な笑い声がする。
　思わずビクッと身を震わせるあたしを落ち着かせるように、凱斗の片腕があたしの背中を強く抱き寄せた。
　そして守ろうとするように、体全体で包み込んでくる。
　お互いの全身が隙間なく密着して、あたしの心臓がバクバク跳ね上がり始めた。
　凱斗の匂いに包まれて、頬や耳だけじゃなく体全体が熱く火照ってる。
　顔が彼の固い胸に押しつけられて、息苦しい。
　でも心臓がこんなにドクドク激しく鳴ってるのは、たぶん呼吸が苦しいからだけじゃない。
　怖くてドキドキしてるのか、凱斗にドキドキしてるのか、わかんない。
　もうぜんぜん、わかんないよぉ……。
「さっさと行こうぜ。誰かに見られちゃまずい」
「そうだな。行こう」
　バタバタと複数の乱れる足音がして、来た時と同じように慌ただしく、グループは教室から出ていった。
　彼らが遠ざかっていく気配を、あたしは凱斗の腕の中でじっと聞いている。
　やがて足音が完全に消え去ったのをたしかめてから、凱斗に小声で話しかけた。
「行った……よね？」
「ああ。もう大丈夫だ。心配ない」

「うん」

　しん、と周りが静まり返った。

　さっきまでの騒動が嘘みたいに、室内にはなんの音も聞こえない。

　もう大丈夫。誰もいなくなった。それがわかっているのに……凱斗は、あたしを抱きしめる腕をずっと離そうとしない。

　そしてあたしも、凱斗の腕の中から離れることができない。

　まるで魔法にかかったみたいに、ふたりともピクリとも動かなかった。

　ただ心臓だけが痛いくらいに激しく暴れて、灼けるほどに顔が、体が熱い。

　ひっそりと静まり返った教室で、あたしたちの時間だけが、そのまま止まってしまったようだった。

　気が遠くなりそうなくらいドキドキしながら凱斗の胸に顔をうずめて、あたしは心の中で問いかける。

　ねえ凱斗。あたし、わからないよ。

　どうして、こんな風にあたしを抱きしめるの？

　凱斗はあたしを振ったんだよね？

　あたしのこと、好きじゃないんだよ、ね？

　疑問。不安。そして……一度は捨てたはずの、かすかな期待が入り乱れる。

　あの日、赤く染まった凱斗の横顔と、あたしを幸せにした凱斗の言葉。

『俺、いつも傘用意してんだ。奏のために』
 あの表情と言葉を思い出すあたしの耳に、ふたりの重なり合う呼吸の音が聞こえた。
 息をするたびに揺れる凱斗の胸が温かい。
 あたしを抱きしめる指に、少しずつ、力がこめられていくのを感じる。
 凱斗が、ためらうようにそっとあたしの髪に頰を寄せた。
 そんな彼のしぐさの一つひとつに、あたしの心は電流が走ったみたいに痺れて震える。
「奏」
 凱斗が小さな声であたしの名前を呼んだ。そして、ひと呼吸置いた後……。
「俺、お前のこと、ずっと前から好きだった……」
 大輪の花が一瞬で開花したみたいに、あたしの全身に喜びが満ちあふれた。
 ソーダ水が一斉に注がれるように、体中に幸せが弾けて躍る。
 ……凱斗！ 凱斗！ 凱斗！
 あたしは夢中で目の前の濃紺のブレザーに額をすり寄せた。背の高い凱斗の胸の中で、凱斗の香りに包まれ、全身の感覚すべてで凱斗を感じとる。
 喜びが連続花火みたいに爆発してる。
 嬉しすぎて、今にも泣いちゃいそう。とても気持ちを抑えられない。
 幸せで、幸せで、とにかく幸せでたまらなくて、あたし

も急いで凱斗に自分の想いを告げようとした。
「凱斗、あたしもね、凱斗のことがずっと……」
　──ザーッ！
　不意に、窓を叩く雨の音がした。
　いつの間にか降りだしていた雨が、ひときわ強く外の空気を震わしている。
　その音が聞こえたとたんに、凱斗の体が怯えたようにビクリとして、あたしを抱きしめていた両腕をバッと放した。
　夢見心地だったあたしの心が、一気に現実に引き戻される。込み上げる嫌な予感に、あたしは無言で凱斗を見上げた。
「……ごめん」
　1歩、あたしから離れて凱斗は謝った。
　その表情と声は、昨日と同じようにとても苦しそうに見える。
「ごめん。なんでもないんだ。今のは忘れてくれ」
「…………！」
　体中引き裂かれるような衝撃(しょうげき)が走り、一瞬で血の気が引いた。凱斗の言葉がとても信じられなくて、自分の耳を疑ってしまう。
　……そんな。忘れてくれって、なに、それ？
「凱斗、どういうこと？」
「…………」
「ねえ、それ、どういう意味？」
　こんなのって、ないよ。ひどいよ。

「どうして？　どうして？」
「ごめん。忘れてくれ」
「忘れられるわけない！」

　昨日と同じように、今日もあたしを突き放すの!?
　それならどうして『好き』なんて言ったの!?
　グルグルと渦巻くように溢れてくる疑問を、あたしは容赦なく凱斗にぶつけた。
　どうしてあたしを傘に入れられないの？
　どうしてもう二度と一緒に帰ることができないの？
　なのに、どうしてあたしを抱きしめたの？
　いったいなにが『ごめん』なの？
　でも……凱斗はそのどれにも答えを返してくれない。
「本当にごめん。向坂ごめん」
「凱斗！」
「ごめん」

　勝手に謝るだけ謝った凱斗は、教室から駆けだしてしまった。
　昨日のように、凱斗の足音はあっという間に遠ざかっていく。
　そしてあたしはやっぱり昨日のように、置き去りにされて凱斗の背中を見つめるだけ。
　やがて凱斗の足音も聞こえなくなって、あたしは寂しい雨の音にすっぽり包まれた。
　ひとりぼっちの薄暗い教室の中で、砕け散ったガラス片と、真っぷたつのミケランジェロと一緒に。

——ツゥ……ポトッ……。
　窓の外に降る雨のように、涙が頬を伝って落ちた。
　雨で空気が冷やされていく。
　さっきまで凱斗に抱きしめられていたから、余計に寒く感じる。
　濡れてしまった昨日よりも、ずっとずっと寒いんだ。
　ほら、涙も、昨日よりずっと冷たい……。
　あたしはグスグスと洟を啜り上げながら、涙の粒をポタポタ落としていた。
　どれくらい、そうしていたのか。
　ほとんど時間は経っていないんだろうけど、すごく長いようにも感じる。
　泣き続けるあたしの耳に、亜里沙のすっとんきょうな声が聞こえた。
「奏、いるの？　……って、うわ。なにこれ！」
　帰りの遅いあたしを心配して、様子を見にきてくれたんだろう。
　亜里沙は教室の惨状に目を丸くしている。
「な、なんでガラスが割れてるの!?　なんでミケくん、真っぷたつ!?」
「亜里沙……」
「しかもなんで奏、泣いてるの!?」
　駆け寄ってきた亜里沙があたしの肩に手を置いて、教室内をぐるりと見回しながら騒ぎだした。
「奏ったら、なにしたらこんなひどい状況になっちゃった

の!?」
「あたし、なんにもしてない。ただホウキで……」
「ホウキで空でも飛んだわけ!?」
「飛んでないよ。ホウキで掃き掃除してたら、3年の問題児グループが来て……」
「ええ!? 奏、まさかあいつらになにかされたの!?」
「ううん、大丈夫。なにもされてない」
　首を横に振るあたしを見て、顔を強張らせていた亜里沙が安心したようにホーッと息を吐いた。
　事情を説明しようと口を開いたとたん、間が悪く、清掃終了の放送が鳴り始める。
　亜里沙は舌打ちして、ミケくんに向かって両手をパンッと鳴らして合掌した。
「ミケくん、成仏して。……さあ行こう、奏」
「え？　でもこれ、このまま？」
「見つかったら面倒なことになるから、行っちゃおう」
　たしかに先生に見つかったら問いつめられる。
　それで首謀者の名前を言わされたりしたら、あのグループから逆恨みされること決定だ。どんな仕返しをされるかわからない。
「だから凱斗も隠れたんだもんね……」
「凱斗？　凱斗もここにいたの？」
「…………」
　言葉につまって視線を逸らすあたしを見て、亜里沙も様子を窺うように黙ってしまう。

「……とにかく、時間がないから行こう」

　沈黙を断ち切るように亜里沙があたしを促し、準備室から連れだした。

　どうしよう……。

　凱斗へのあたしの気持ち。凱斗がくれた言葉。

　凱斗に抱きしめられた感触。凱斗に置き去りにされた悲しさ。

　あたしの頭の中はぜんぶぜんぶ、凱斗とのことでいっぱいで、1ミリの余裕もない。

　息をするのも苦しいくらいで、こんな気持ち、どうすればいいのかわからない。

　亜里沙になにも話せていないことも気づまりで、どうしても足取りが重くなる。

　教室にも、戻りたくない。泣いた直後だから絶対みんなにバレちゃうよ……。

　亜里沙から2、3歩遅れて、うつむきながら廊下を歩いていたら、亜里沙が前を向いたまま、明るい声で話しかけてきた。

「ね、奏。今日さ、学校終わったらどっか一緒に行かない？」

　あたしは顔を上げて、亜里沙のロングヘアを見つめた。

　ほんのり優しい琥珀色の髪が、ユラユラと誘うように揺れている。

「あー、でも雨降ってるしなぁ。そうだ、奏の家に行ってもいい？」

「…………」

「途中でさ、コンビニ寄って奏の好きなお菓子と飲み物、いっぱい買って帰ろう」

チラッとこっちを振り返り、亜里沙は笑った。
「お邪魔させてもらうんだから、今日はぜんぶあたしのおごり。特別大サービス」

透き通るような琥珀の瞳と、桜色の唇が柔らかく緩んでいる。

いつも見慣れたその美しさに、あたしの心はふわりと慰められた。

……亜里沙。学校中の男子にモテモテの美少女で、頭もよくて、頼りがいのあるしっかり者。おまけに家はお金持ち。

パーフェクトな彼女はいつも自信に満ちて、正々堂々としていて、すごくかっこいい。

かっこよすぎて、時々、隣にいるあたしは卑屈になって落ち込むことがある。

亜里沙と比べると、自分がすごくちっぽけな存在に思えちゃうんだ。

そんな時は、亜里沙にみっともない自分を見せたくないって意地を張っちゃう。

凱斗とのことを素直に話せなかったのも、正直に言えばそんな見栄っ張りな感情も理由のひとつだった。

でもやっぱり亜里沙は、あたしの自慢の大親友なんだから、最初からぜんぶ話せば良かったんじゃないか。

恥をかきたくないとか、そんなつまんないこと考える必

要なんて、なかった。
　亜里沙はたしかに他人に対してぜんぜん遠慮しない性格だけど、そのぶん彼女の言葉はどこまでも嘘がない。
　いつも正々堂々、真っ直ぐだ。
　だから、自分がちっぽけに感じられる今だからこそ、晴れた空みたいにきれいな亜里沙の笑い声と言葉を……聞きたかった。
「……ポテチと、激辛スナックと、チョコポッキーと、こんにゃくゼリーがいいな」
　あたしは、ちょっとだけ口元を緩めて答えた。
「あとカリカリ小梅と、柿ピーと、味付き茎ワカメも買って」
「奏って将来、絶対酒飲みだよね……」
「それと新製品のベルギーチョコ製スイーツも。あ、3個ね」
「ちょっと！　あれ税抜きで1個350円もするんだけど!?」
　立ち止まって大声を出した亜里沙を見ながら、あたしは湿った洟を啜って笑った。
　それを見た亜里沙の唇が、少し安心したように緩む。
「……ま、いっか。特別大サービスだもんね」
　そう言って歩きだした亜里沙の隣に、あたしは小走りで駆け寄る。
　そして今度は、ピタリと肩を並べて一緒に歩いた。

不穏な影と、繋いだ手

　水飲み場に戻った時、ちょうど清掃終了チェックが始まった。
　担当の先生からハンコを押してもらって、あたしと亜里沙が教室に向かうと同時に、廊下の向こうから大きな声が聞こえてきた。
「間宮君！　ちょっと来てください！」
　ズカズカと大股(おおまた)でこっちに突進してくる美術の先生の両目が、吊り上がってる。
　きっと美術準備室を見たんだ。
　わけもわからず目を丸くしている間宮君の横を、あたしと亜里沙は黙ってそそくさと通り過ぎる。
　リーダー間宮君、ごめん。いつかきっと埋め合わせするから、ここは任せた……。
　その後、帰りのホームルームが終わって、あたしと亜里沙は一緒に教室を出た。
　部活とか補習とか、それぞれの目的地に向かう生徒たちの波にまぎれて、生徒玄関に向かう。
　廊下の窓ガラスはすっかり雨に濡れて、外の景色が歪(ゆが)んで見えた。
「けっこう雨降ってるね。奏、傘持ってきてる？」
「うん。今日はちゃんと持ってきた」
　玄関に近づくにつれて、湿り気と水の匂いが強くなる。

制服とジャージ姿の生徒が大勢行き交う下駄箱で、あたしは内履きを脱いで革靴を手にした。
「ん？　あれ？」
「どうかしたの？」
「ん、靴の中になにか……」
　革靴の中に突っこんだ指先に、なにかがカサリと触れる感触がした。
　覗き込んでみたら、靴の中に折りたたまれた白いメモ用紙が入っている。
　疑問に思いながら手に取って紙を開くと、中には黒いペンで短い文章が書かれていた。
　飾り気のないグレーの罫線(けいせん)に沿って書かれた文字を追ったあたしの目が、大きく見張られる。
『入江小花が自殺したのは、お前と、凱斗先輩のせいだ』
　その文章は両目を通り抜けて、あたしの心の中に刃物のように突き刺さった。
　心臓がドクンと嫌な音を立て、思わずつぶやいてしまう。
「なに、これ……」
「奏？　どうしたの？」
　メモ用紙を持ったまま硬直(こうちょく)しているあたしに、亜里沙が不思議そうに話しかけてくる。
「なにこれ……なにこれ……」
「ちょっと、それあたしにも見せて」
　なにこれ、しか言葉が出ないあたしの手から、もどかしそうに亜里沙が用紙を奪い取った。

「なにこれー!?」
　そして大声を上げて、すごい勢いで周囲を見回す。
「誰!?　こんなイタズラしたのは！」
　大声で叫ぶ亜里沙を、周りの生徒たちは驚いた表情で見つめている。
　みんな遠巻きにこっちを眺めるばかりで、ただ不思議そうにキョトンとしていた。
　あたしは、亜里沙の手の中でグシャグシャに握りつぶされたメモ用紙に視線を移した。
　入江小花。自殺した1年生の女子。
　彼女が、あたしのせいで自殺したって？
　どうして……？　だってあたしは、入江小花さんとは一度も会ったことないのに。
　ぜんぜん知らない、顔すら知らない人があたしのせいで自殺するなんて、ありえないはず。
　だからこそ、メモ用紙からは明確な悪意が感じられた。
　でもどうして私が、こんな風に誰かから悪意を向けられなきゃならないんだろう。
　しかもかわいそうな入江さんのことを利用するなんて、いくらなんでもひどすぎる。
　そこまであたしを嫌ってる人がいるってこと？
　あたし、そんなに誰かに嫌われていたの？
　そんな、まさか。
　これまで思ってもみなかったその衝撃的な事実が、突くように胸を刺す。

否定したかったけれど、目の裏側に焼きついている少し丸みを帯びた文字が、これは事実だと告げていた。
「あ！　待ちなさいよ、凱斗！」
　凱斗の名前を呼ぶ亜里沙の大声に、あたしはハッと顔を上げた。
　亜里沙が大急ぎで靴を履き替え、傘をさして生徒玄関を飛びだしていく。
　校門へ続く道を走る亜里沙の前方に、青色の傘をさして歩く凱斗の背中が見えた。
　亜里沙はその背中に向かって突進していく。
「あ、亜里沙!?　ちょっと待ってよ！」
　あたしも急いで靴を履き替え、傘を開いて夢中で後を追って走った。
　薄い膜のような水に覆われたアスファルトから、ピシャピシャと飛沫が跳ねる。
「亜里沙ってば、待ってよ！」
「凱斗！　待ちなさいってば！」
「待って！」
「こら待て！」
　思いがけず周囲の注目を浴びて、あたしは首をすくめたけれど、亜里沙はお構いなし。
　超美少女で、嫌でも目立つ人生を送ってきた彼女は、他人の目なんてこれっぽっちも気にしない。
「凱斗！　待てって言ってるんだから待ちなさいよ！」
　校門まであと十数メートルという所で自分の名前を呼ぶ

声にようやく気づいた凱斗が、ヒョイッと顔をこっちに向けた。
　そしてバタバタ突進してくるあたしたちの姿と、なぜか浴びてる周囲の注目に驚いている。
「な、なんだ？」
「なんだ、じゃない！　これ、どういうこと!?」
　軽く息を切らした亜里沙が凱斗の真ん前で立ち止まり、メモ用紙を持った手をぶっきらぼうに突きだした。
　あたしは慌ててその腕をつかむ。
「亜里沙、これを凱斗に見せてどうするつもり？」
「どうもこうも、事情を説明してもらうつもり」
「説明って、だって凱斗には関係ないよ」
「あるに決まってるじゃない。これには凱斗の名前も書かれているんだから」
「だからって、凱斗がこれの事情を知ってるとは……」
「おい、さっきからなんの話だ？　事情ってなんだよ？」
　あたしと亜里沙の顔をポカンと眺めていた凱斗が、会話に割り込んだ。
　亜里沙が凱斗にメモ用紙を突きだす。
「いいから、これ読んでみなよ。1発でわかるから」
　凱斗は怪訝(けげん)な顔をして、メモ用紙を受け取った。
　そしてカサカサと開いて中身を読んだ瞬間、その顔色がサーッと変わる。
　勢いよく顔を上げたかと思うと、身を乗りだすようにあたしにつめ寄ってきた。

「これ、向坂が受け取ったのか!?」
「う、うん」
「誰だ!?　誰から!?」
「わ、わかん、ない。靴の中に入れられてたから。名前も書いてないし」
　あたしは小さな声で答えながら、凱斗の真剣な表情を見つめた。
　凱斗、どうしたんだろう？　そりゃこんな内容の文章に、自分の名前が書かれているんだから、驚くのは当然だろうけど。
　でもこの動揺ぶりは、それだけが理由じゃないように思える。
　凱斗は思いつめた顔つきで、もう一度メモ用紙を見つめながらつぶやいた。
「いったい、誰がこんなこと……」
「たしかに犯人が気になるけど、とりあえず……」
　凱斗の手からメモ用紙をサッと奪い返した亜里沙が、ジロッと冷たい目で凱斗を睨んだ。
「手っ取り早くあんたの口から、事情を説明してもらいたいんだけど」
「……事情って、なんのだよ？」
「しらばっくれないでよ。わかってるんでしょ？」
　まるでケンカでも売っているような、キツイ口調の亜里沙をあたしは慌ててなだめた。
「だから、凱斗には関係ないってば」

「だって今朝からずっと奏の様子は変だし、あんたたち、美術準備室で一緒だったんでしょ？　しかもこの、凱斗の名前入りのメモ！」

　メモ用紙を凱斗の鼻先でヒラヒラさせ、据わった目線で問いつめる。
「この状況でまさか、『僕はなんにもカンケーありません』なんてふざけた言い訳するつもりじゃないでしょうね？」

　凱斗はぐっと唇を嚙みしめて、まるで悪いことをした子どもが、大人に見咎められたような表情になった。

　彼のこんな心細そうな顔なんて、初めて見る。やっぱりなにか事情を知っているの？

　昨日からの凱斗の不可解な言動が、次々とあたしの頭に浮かんだ。

　ひょっとしたらこのメモと関係があるんだろうか？　だとしたら……あたしも知りたい。

　ついあたしも問いつめるような目で彼を見てしまったんだろう。

　凱斗はますます気まずそうな顔になって、ふいっと背を向けてなにも言わずに歩きだしてしまった。

　質問を無視された亜里沙が、怒ったような声を出す。
「ちょっと！　逃げる気!?」

　すぐさま後を追いかけ、凱斗の腕を強くつかんで引っ張った。
「逃がさないからね！　卑怯者！」

　亜里沙の態度も言葉も、完全に凱斗を悪者扱いしている。

それに対して凱斗はイラついた様子で、腕を振り払って立ち去ろうとした。
　それにますます亜里沙が腹を立て、また凱斗の腕をつかんで怒鳴る。
「逃げるな！」
「……うるせえよ」
「うるさい!?　なら、ちゃんと説明しなさいよ！　そしたら黙って話を聞いてやるから！」
「うるせえっつってんだろ！」
　乱暴に言った凱斗は、思いきり亜里沙の腕を振り払った。
「お前には関係ねえんだよ！　でしゃばんな！」
　そのまま足早に立ち去ろうとする彼の後ろ姿を、あたしはあ然として見つめる。
　こんな凱斗、見たことない。いつもとぜんぜん違うよ。なんだか少し怖いくらいだ……。
「……待てっつってんでしょ！」
　負けじと体勢を立て直した亜里沙が、傘を放りだして猛然と走りだす。
　凱斗の背後から右肩をつかみ、全身のバネを利用して思いっきり後ろに引っ張った。
　たまらず凱斗はよろけて、アスファルトに膝と手をついてしまう。
「てめ、なにすんだよ!?」
　すっかり頭にきてしまったようで、普段は穏やかな凱斗がキッと亜里沙を睨み上げる。

ところが亜里沙は……。
「なにすんだ、だぁぁ!?　それはこっちのセリフだよ!　あんた、奏になにしたの!?」
　凱斗の声を何倍も上回るボリュームで、爆発的に怒鳴り返した。
「奏はね、泣いてたんだよ!　知らないとは言わせないからね!　あんたが泣かしたんでしょ!?」
　雨の中、傘もささずに仁王立ちして凱斗を見下ろす亜里沙の両目は、激しい怒りに燃えている。
　我を忘れたように叫ぶ亜里沙の姿を、凱斗はもとより、周りのみんなもポカンと見つめていた。
「奏はグチャグチャになった美術準備室で、ひとりぼっちで泣いてた!　それがどんなに辛いことか、あんたにわかる!?」
　凱斗に向かって本気の怒りをぶつける亜里沙の言葉に、凱斗は反射的にあたしを見た。
　目が合ったとたん、亜里沙を見ていたときとは一変して弱々しい顔つきになってしまう。
　亜里沙はそんな凱斗の鼻先に、もう一度メモ用紙を突きつけた。
「たしかにこのメモの事情とあたしは、関係ないかもしれないよ!　だけどね、あんたは泣いてる奏をひとりぼっちで置き去りにした!　どんな理由だろうがあたしはそれが許せないの!」
　その言葉を聞いた凱斗は黙ってうつむいてしまった。

あたしは慌てて亜里沙の傘を拾って、濡れっぱなしの彼女の頭上にかざす。
　そして息を切らしている親友の顔をじっと見つめた。
　真剣に、あたしのために心の底から怒って凱斗と対峙(たいじ)している亜里沙の横顔を見たら、胸が熱くなって、泣きそうになった。
　そうして少しの間、あたしと、亜里沙と、凱斗の間に沈黙が続く。サーサーと地面を叩く雨の音と、傘にポツポツと落ちるしずくの音だけが耳に響いていた。
　やがて凱斗がのっそり立ちあがり、濡れた前髪を大きな手で掻(か)き上げて、アスファルトの上の傘を拾ってまた校門へと歩きだす。
「ちょっと……！」
「来いよ」
　怒鳴り始めた亜里沙の声を遮(さえぎ)って、凱斗が言う。
「話すよ。ちゃんと。でもここで言うわけにいかないだろ？」
　そう言われて改めて周りを見れば、あたしたちは大勢の生徒たちにグルッと取り囲まれていた。
　全員困惑と好奇心の入り混じった顔で、食い入るように見ている。
　ものすごい数の視線に、あたしは思わず体を縮こめた。
「場所を変えよう」
　振り返りもせずそう言って、凱斗は歩いていく。
　あたしと亜里沙は顔を見合わせ、この気まずい状況から脱出するように後を追った。

凱斗を先頭にした3人で、雨に濡れる校門を通り抜ける。
　あたしはポケットからハンカチを取りだし、隣を歩く亜里沙に差しだした。
「亜里沙、これで拭いて」
「いいよ。大丈夫」
「大丈夫じゃないよ。髪も顔も濡れちゃってるよ」
「まーねー。だってあたしは水もしたたるイイ女だもーん」
　亜里沙があははっと、いつもの明るい声で笑い飛ばしながらハンカチを受け取った。
　その笑い声と一緒に、ちょっとだけ心のモヤモヤも飛ばされた気になって、少し気分が軽くなる。
　凱斗は機嫌が悪いのか、ずっと黙りこくって歩いているけれど、スピードはずいぶんゆっくり。
　たぶん、あたしたちの歩調に合わせてくれているんだと思う。
　いつもの優しい凱斗に戻ってくれたみたい。
　良かった……。
　そんな風に安心していたら、ふと、あのメモ用紙のことを思い出してしまった。
『入江小花が自殺したのは、お前と、凱斗先輩のせいだ』
　あたしの心がまた、この頭上の空のようにズシリと重々しく暗くなる。
　1歩前を歩く、背の高い凱斗の背中を心細い気持ちでそっと見上げた。
　教室や、廊下や、校庭や体育館で、ずっと見つめ続けて

きた、この背中。
　前を向く凱斗は、笑顔だって確信できた。だからあたしは、いつだって幸せだった。
　でも今、青い傘の下で前を向く彼の顔は、どんな表情をしているんだろう。
　予想もつかないことがとても不安で、あたしは傘の柄を強く握りしめた。
「奏、ありがと。ハンカチ洗って返すからね」
「……あ、いいよ。そのまま渡して」
　亜里沙の手がこっちに伸びてきて、ハンカチを手渡す。
　そしてハンカチを受け取ったあたしの手を、そのままキュッと握った。
「…………」
　あたしは目をパチパチさせて亜里沙を見た。
　亜里沙はおどけた顔をしてニコッと笑いながら、子どもみたいに繋いだ手をブンブン振っている。
　まるで幼稚園児のように繋いだ手の温もりが、あたしの心を優しく温めてくれた。
　ほんとに、亜里沙ってば、もう……。
　ああもう、また泣きそうになっちゃうじゃない。
　心の傷を一生懸命に撫でてくれているような亜里沙の手を、あたしは感謝の思いを込めてギュッと握りしめる。
　そしてもう一度、凱斗の背中を見つめた。
　きっと凱斗は、深い事情を抱えて苦しんでいるんだと思う。

これから凱斗がなにを語るのかすごく不安だけれど、力になりたい。
　あたしになにができるかわからないし、なにもできないのかもしれないけど。
　でも凱斗を苦しみから救いたいって気持ちだけは、絶対に本物だって言いきれる。
　せめて、側にいるよって伝えたい。
　なにがあってもあたしは味方だよって、凱斗の手を握ってあげたいんだ。
　合格発表の日に、ひとりで不安と戦っていたあたしを、凱斗が救ってくれたように……。
　横から吹きつける雨に体が濡れて、靴先からジワジワと水が染みてくる不快さに、あたしは思わず顔をしかめる。
　それでも、どんなに風が強くても、雨が冷たくても、あたしは目の前をいく凱斗から、決して目を離そうとはしなかった。

見知らぬ世界

　それからあたしたちは、学校から一番近いファーストフードの店に入った。
　他の生徒たちもいっぱい雨宿りに来ていてちょっと落ち着かないけど、これ以上雨の中を遠出するのも大変だ。すでにスカートの下半分の生地はしっとり濡れて、プリーツが広がりかけている。
　窓際の一番奥のテーブルが空いていたから、あたしたちはそこに座ることにした。
　亜里沙と隣同士のイスの背もたれにリュックをかけていたら、凱斗が話しかけてくる。
「俺、飲み物注文してくる。お前らもなんか飲むか？」
「あ、じゃあ……あたし、カフェラテ」
「あたしコーラ。それとポテトと、パイと、ナゲットもね。当然、あんたのおごりでしょ？」
　そんなずうずうしいことを平然と言う亜里沙に、凱斗があきれ顔をした。
「藤森、お前なあ……」
「冗談よ。コーラね」
　軽く溜め息をついて、凱斗が注文しに行く。
　すぐに飲み物の載ったトレイを持ってきてテーブルに載せ、あたしの向かいのイスをガタッと引いて座った。
「カフェラテ、いくらだったっけ？」

自分の分を払おうと思って聞いたら、凱斗が素っ気なく首を横に振る。
「いい。おごる」
「え？　でも、ちゃんと払うよ」
「いらない」
「で、でも……」
　用意していた財布を手に持って困っていたら、亜里沙が気にする風もなく言った。
「奏、凱斗にも男の見栄ってのがあるんだから、ここは素直におごらせよう」
「藤森は自分で払え」
「なにその差別発言！」
「冗談だよ」
　ぜんぜん冗談っぽくない無表情で、凱斗はホットコーヒーの紙コップに口をつけた。
　こういったお店に凱斗と一緒に来るのは初めてだから、コーヒーを飲む姿を見るのも当然初めてで、すごく新鮮に感じて胸がトクトク騒いでる。
　できれば、もっと違う形が良かったな……。こんな複雑な状況じゃなくて、ふたりだけで学校帰りとか。
　一緒にコーヒー飲みながらネコの動画を見たり、学校の話をしたり、お気に入りのミステリー小説の話をしたりして、楽しそうに笑っている凱斗の姿を見たかったな。
「――で、どういうことなの？」
　ストローから口を離して、亜里沙がさっそく凱斗に訊ね

た。
　ぐっとテーブルに身を乗りだしているのは、周りの人に話を聞かれないように気をつけているんだろう。
　あたしも周囲を気にしながら身を乗りだし、上目がちにおずおずと凱斗を見つめた。
　まるでふたり揃って、ほらほら早く！って脅迫(きょうはく)しているみたいだけど、そんなの気にしていられない。
　あのメモにはどんな事情があるのか、凱斗がなにを考えているのか。
　どっちもあたしにとって、すごく重要なことなんだもの。
　凱斗は溜め息なのか、コーヒーのカップの上に数回息を吐いてから、同じように身を乗りだしてきた。
　伏し目がちの顔がぐっと接近してきて、あたしの胸がドキッと高鳴ってしまう。
「──入江は中学の後輩なんだ。同じクラブだった」
　その言葉に、あたしと亜里沙は顔を見合わせた。
　知らなかった。凱斗と入江小花さんって知り合いだったんだ。
　だったら……彼女が自殺したのはショックだったんじゃないかな？
　あたしたちと違って凱斗にとっては、ただの同じ高校に通う生徒ってだけじゃなかったんだから。
　あたしは気になって凱斗の目を覗き込んだけど、亜里沙は別に気にした様子もなく、「それで？」と話の続きを急かす。

「クラブで地域清掃とか、福祉施設の訪問とかのボランティア活動してたんだ。入江は早くにお母さんを亡くしたから、そういう方面に関心があったらしい」
「ふーん、詳しいね。仲良かったの?」
「…………」

　凱斗は一瞬黙り込んで、言いにくそうに視線を泳がせた。
　その様子から、あたしは次に来る言葉を簡単に予想できてしまった。
「中学の時、入江から告白されて、ちょっとの間だけ付き合ってた」
　ああ、やっぱり……。
　そう思うと同時に、ズンと重い痛みが心にのしかかった。
　心臓の辺りを強引に掻き回されるような、灼けるような嫌な感覚がする。
　入江さんは凱斗のことが好きだったんだ。
　凱斗に想いを寄せている女の子が、あたし以外にもいた。
　それはすごくすごく、なんていうか、すごく……嫌、なんだ。
　それがたとえ、もうこの世にいない人なんだとしても。
　灼ける痛みが顔に出ないように気をつけながら、あたしは凱斗をじっと見つめた。
　目を伏せた凱斗は、暗い表情を浮かべている。
　凱斗、やっぱり辛かったんだね。
　自分と特別な関わりのあった女の子が、あんな不幸なことになってしまって、本当に苦しかったろうね。

あたし、ヤキモチなんかやいてないで、凱斗を支えてあげなきゃダメだ。
　そう自分に言い聞かせて、嫉妬に乱れる感情を抑え込もうとしたけれど、理屈じゃどうにもならない思いが心の奥で叫んでいる。
　凱斗と入江さんの過去を、もっとちゃんと聞きたいって。
　そんなあたしの気持ちを代弁するように、亜里沙が質問を続けた。
「付き合ってた？　過去形ってことは、もう別れてるってこと？」
「付き合い始めてすぐ、俺が3年になって受験態勢になって、お互いの時間が噛み合わなくなったんだ。それでふたりで話しあって、お互いに納得して別れた」
　ほんの短い間の付き合い。そして別れ。
　どこにでもある、よく聞く小さな恋の始まりと、その終わり。
　そんな話を聞きながら、あたしは一生懸命に凱斗の心を読み取ろうとしていた。
　以前、付き合っていたふたりが高校で再会した。
　そのシーンを想像すると、どうしても焦りのような、落ち着かない気持ちになってしまうのを止められない。
　入江さんと再会した凱斗が、どんな気持ちだったのか。
　入江さんは凱斗をどう思っていたのか。
　本心では、すごく気になる。聞きたい。
　けれど凱斗が苦しむのなら、もうそのことには触れたく

ない。
　そんな複雑な気持ちを胸の奥に隠したまま、あたしは黙って凱斗の言葉に耳を傾けた。
「それ以来まったく交流はなかったんだけど、今年、入江が入学してきて、また同じクラブになったんだ」
「で、それがきっかけでまた急接近？」
　亜里沙はズバズバ遠慮なく切り込んでいく。
　亜里沙はあたしの凱斗への気持ちを知っている。
　だからこそ一番知りたいことを、なにも言えないでいるあたしの代わりに聞いてくれているんだ。
　それに感謝すると同時に、さっきからずっと亜里沙任せの自分が情けないと思い始めた。
「いや。だって俺らは、俺が中3の時に終わってるし」
「でもひょっとして入江さんは、まだあんたへの気持ちが残ってたんじゃない？」
「……正直、何度か、もしかしたら？って感じることはあった。だから気をつけて、あくまでも普通の先輩後輩として接してたんだ」
　入江小花さんは、凱斗のことが好きだった。
　凱斗に恋している子が、あたしの知らない所で凱斗の隣にいた。
　見たこともない、顔も知らない入江さんという人。
　彼女の顔は、ほとんどのっぺらぼうみたいに真っ白で、想像できない。でもその人と凱斗が向かい合って、笑顔で会話している場面が勝手に頭に浮かんでくる。

ふたりが笑いあっているのが、すごく嫌で。
　ふたりの近しい距離感が、すごく嫌で。
　でもそれよりも、なによりも……。
"彼女はもう、いないんだから"って思って安心しようとしている自分が、すごくすごく嫌だ。
　あたしの心の凱斗を好きでいるきれいな部分が、汚れてしまったような気がする。
　自分がこんなに嫌な人間だったなんて、知らなかった。
　密かにひどい自己嫌悪に陥っているあたしの側で、凱斗と亜里沙の会話が続く。
「でも俺、しばらくして入江の様子がおかしいことに気がついたんだ」
「様子がおかしい？　どんな風に？」
「ぼーっとした目で窓の外をずっと眺めていたり、顔色も悪くて、体調崩してるのかなって心配だった。でも話しかけても『大丈夫です』としか言わないし、それ以上は踏み込めなかった」
　あたしは、クラスの女子たちが囁いていた噂話を思い出した。
『ここ最近、悩みごとがあったみたい』
　入江さんの悩みって、凱斗のことだったんだろうか？
　凱斗は紙コップの中に視線を落としているけれど、その目は明らかにコーヒーではない別のなにかを見つめていた。
　あたしたちに話しているというよりも、自分自身に語っ

ているように見える。
「あの雨の日、学校から帰る時、入江に言われたんだ」
「あの日？　どの日よ？」
「入江が自殺した日」
「…………」
「『先輩、相合傘してください』って、生徒玄関で入江に頼まれたんだ」
　あたしは思わず両目を見開いて凱斗を見つめた。
　入江小花さんが自殺した日って、それはあたしと凱斗が相合傘で一緒に帰った日だ。
"雨の日に相合傘で校門を通ったカップルは、永遠に結ばれる"
　入江さんは、思い切ってもう一度、凱斗に告白したんだ。
　うちの学校に伝わる伝説に願いを託して。
　あの直前にそんなことがあったなんて……。
「入江、なんだか思いつめてるみたいだった。必死な顔して、バッグを握る手が小さく震えて指が白くなってた」
　そう言う凱斗の表情も思いつめているように見えた。
　紙コップの黒い液体の中に、あの日の自分と入江さんの姿を見ているような目で話し続ける。
「入江が真剣だからこそ、俺もちゃんと伝えたんだ。好きな人がいるから、お前を傘に入れるわけにはいかない。でもお前のことは本当に大切な後輩だと思ってるって」
　凱斗が言葉を止めて、あたしを見た。
　真剣な表情で見つめあうあたしたちの顔を、亜里沙が交

互に見ている。
　そして、なにかを納得したようにコーラをひと口飲んでから、静かに口を開いた。
「で、入江さんはどんな反応だったの？」
「入江はものすごくショックを受けた顔して、いきなり逃げだしたんだ。俺、追いかけようか迷ったけれど、そっとしておいた方がいいと思った」
　そして……。
「その日の夜、入江は自殺した」
　わかっていたけど、聞きたくなかった言葉を聞いてしまったあたしたちは黙りこくった。
　奇妙に沈み込むあたしたちの周りの、同じ学校の生徒たちの交わす明るい笑い声が、とても遠い遠い世界のように感じられた。
　そうだ。遠い世界だったんだ。
　ささやかれる噂話。緊急保護者会。
　いじめに関するアンケート。テレビ局の取材。
　学校中を覆い尽くす、興奮と深刻さが混じりあった、あの空気。
　すべてはあたしにとって、遠い世界のはずだったのに。
　凱斗は思い切ったようにコーヒーをゴクゴク飲んで、覚悟を決めた表情になった。
「入江が自殺したのは俺のせいなんだ。俺が入江を自殺に追い込んだ」
　その言葉は、そのまま槍のようにあたしの心を深く抉る。

あのメモ用紙に書かれていた意味が、やっと理解できた。
『入江小花が自殺したのは、お前と、凱斗先輩のせいだ』
　そうだったんだ……。
　あたしも、入江さんの自殺に関わっていたんだ……。
「あの時の入江の顔、忘れられない。まるで俺に崖から突き落とされたみたいな顔してた。こうして目をつぶっても浮かんでくる」
　痛みを懸命にこらえるように、凱斗はギュッと両目をつぶった。
　そして両手で自分の髪の毛をつかんで、まるで怖い記憶を振り切ろうとするかのように大きく頭を振る。
　凱斗は、あれからずっと罪悪感に苦しんでいたんだ。
　自分が入江さんを傘に入れることを拒んだせいで、彼女は死んだ。
　自分が追いつめた。自分が殺した。そう思っていた。
　だからもう二度と、あたしを傘に入れないと言ったんだ。
　あたしを好きだと言ってしまった言葉も、忘れてくれって頼んだんだ。
　のんきにあたしと相合傘なんて、できるわけがない。
　あたしに好きだなんて言えるはずもない。
　それが原因で、人がひとり死んでしまったというのに。
　凱斗があたしに、『ごめん』としか言えなかった意味も、ようやくわかった。
　それ以外の、それ以上の言葉を求められても、なにも言えなかったんだね。

「ごめん……凱斗……」
「向坂……」
「ごめん。ごめんね……」
　あたしはあの時の凱斗みたいに、『ごめん』を繰り返した。
　人が死んだ。
　その死に、自分が関わっている。
　そんな重すぎる現実を目の前にすると、怖くてどうすればいいのかわからなくなる。
　口も、心も、まるで怯えて混乱した貝のように、固く閉ざしてしまう以外なにもできないんだ。
「ねえ、でもさ、そう決めつけるのってちょっと早くない？」
　重く沈んだ空気を変えようとしてるみたいに、亜里沙が軽く咳払いをしてから、そう言った。
「あんたに振られたことがショックで入江さんが自殺したとは言い切れないじゃん？」
「だけど……俺が傘に入れるのを断ったその日に自殺したんだ。無関係なわけがない」
「そりゃ、まあ、ある種のきっかけ……には、なったのかもしれないけど……」
　さすがに気をつかっているのか、珍しく亜里沙にしては歯切れが悪い。
　カップの中でストローを無意味にクルクル回しながら、ポツリポツリと、考え込みながら話している。
「でもさ、炎上覚悟で言わせてもらえば、たかが失恋ごときで自殺って、あんまりにもヤワな神経じゃない？」

「藤森、お前そんな……！」
「わかってるってば。だから炎上覚悟って言ってるじゃん」
　眉をひそめてチラッと凱斗を睨みながら、亜里沙は言葉を続けた。
「辛さを受け入れられる耐性も、容量も人それぞれなんだもん。でも失恋でポンポン人が死んでたら、今頃人類は滅亡してるって」
「それは……」
「だからさ、根本的な原因は他にあったんだよきっと」
　凱斗の言葉を遮り、また無意味にストローをクルクル回しながら、亜里沙は小首を傾げて言った。
「だからさ、あんたがそんな責任感じて深刻になることはないんじゃないかなーって、あたしは思うんだけど」
　亜里沙の何気ない口調から、精いっぱいなぐさめようとしてくれている気配が伝わってくる。
　凱斗もそれを理解したのか、口をつぐんだ。
　そしてまた3人、うつむいて黙り込んでしまう……。
　亜里沙の気持ちはもちろん嬉しいけれど、だからといって、それで済ませてしまえる話じゃないから。
　あたしが入江さんの死に関わっていたという事実は、どんな言葉をもってしても、永遠に変わらないし消えない。
　この途方もなく大きな罪悪感を、凱斗もずっと抱えることになるんだ。
　入江さんの顔も知らないあたしとは比べようもないぐらい、重い罪悪感を。

そんな苦しみを凱斗が一生抱え続けるのかと思うと、胸を掻きむしるほどに苦しくなる。
　なんとかしてあげたいけど、どうすればいいの？
　深刻すぎる事態に、まったく考えが浮かばない。
「このメモ、誰が書いたか心当たりないの？」
　亜里沙がポケットからメモ用紙を取りだした。
「これ、事情知ってる人しか書けない内容だよね。凱斗、入江さんに告白されたこと誰かに話したとか？」
「こんなこと誰にも話せねえよ」
「もろに悪意を感じる文面だけど、あんた誰かの恨み買ってるんじゃないの？」
「そんなヤツいねえよ。お前じゃあるまいし」
「なによそれ！」
「俺を恨む心当たりがあるとすれば、それは……入江だけだ」
　その深刻な声に、眉を吊り上げていた亜里沙が困ったように視線を下げた。
　再びあたしたちの間に沈黙が流れる。
　凱斗が残りのコーヒーを一気に飲み干して、ガタッと立ち上がった。
「説明しろって言われたから、した。だから俺はもう帰る」
　それだけ言ってカバンを持ち上げ、歩きだす姿をあたしは見上げた。
　凱斗、帰っちゃうの？
　そう思ったけど、口には出せなかった。亜里沙も文句も

言わずに黙ってる。
　ここにいたって結局、みんな揃って黙り込むしかないから。
　あたしたちにできることは、入江さんの自殺の原因があたしと凱斗だっていう現実を、そのまま受け入れることだけ。受け入れても……入江さんは生き返らないし、どこにも救いはないのだけど。
　ぜんぶが宙ぶらりんで、心細くて、あたしはテーブルの横を通り過ぎる凱斗の顔を不安な思いで見上げた。
　凱斗に声をかけたい。話したい。でもなにを？　どんな風に？
　いろんなことが、胸の奥で溶けて泥水みたいにドロドロして、ちゃんとした言葉にならない。
　そんな思いが聞こえたように、不意に凱斗が立ち止まってあたしを見た。
　まるで迷子のような、悲しそうな目をしている凱斗の唇が動く。
「向坂、俺……」
　あたしは、凱斗の言葉を待った。
　凱斗がなにか言ってくれたら、ほんの少しでも救われそうな気がしたから。
　言葉にできない気持ちを込めて、精いっぱい、凱斗を見つめた。
「…………」
　凱斗は懸命に唇を動かそうとしたけれど、でもやっぱり

言葉にならなくて。

　あたしと凱斗は、じっと見つめあうだけ。

　なにかを探すような頼りない視線と、行き場のない沈黙が、とても悲しかった。

　結局諦めたように視線を逸らし、なにも言えないまま凱斗は出口へと歩いていく。

　あたしも無言で、自動ドアから出ていく凱斗の姿を見送った。

　傘をさして横断歩道を歩いていく凱斗が、窓越しに見える。青い傘と背中は人混みにまぎれながら、どんどん遠ざかっていった。

「雨、止みそうにないね」

　凱斗の姿が見えなくなってから、ぽつんと亜里沙がつぶやいた。

　あたしは見えなくなった凱斗を追うように、身動きもせずにずっと窓の外を眺めている。

　もう凱斗はいないってわかってるのに、どうしても視線を戻せない。

　窓の向こうの雨降る景色は、まるで1枚の寂しい絵のように思えた。

　ほんの窓ガラス1枚隔てた、現実味の薄い別世界。

　たしか昨日も、そんなことを考えていたけれど……別世界なんかじゃない。そんなこと、決してない。

　あたしは入江さんという存在を、自分とは一切関わりの

ないものだと思ってた。
　会ったこともない、顔も知らない、『入江小花』という世界。
　なのにその世界が今、絡みあう糸のようにあたしの世界に大きく関わっている。
　そして彼女の世界は凱斗の世界にも、信じられないほど深く重く影響しているんだ。
　たぶん、あたしとの関わりよりも、ずっとずっと深く。
　……世界って、なんて曖昧なんだろう。
　自分の知らない間に、自分の意思と関わりなく、見えない糸と糸が絡みあってしまっているなんて。
　一度絡んでしまったら、自分ではもう、どうにもできないなんて。
　窓越しに伝わる陰気な雨の音を聞きながら、薄暗い色にすっかり染まった寂しい景色を見る。
　すると突然、明るい照明に照らされた、楽しそうな話し声や笑い声の溢れるこちら側の方が、別世界のような気がした。
　なんだか怖くて、すごく不安で、あたしはどうすればいいのかまるでわからなくなった……。

第3章

呑み込まれる自分

　翌朝、寝不足で力の入らない体を引きずるようにして、あたしは登校した。
　体中が薄い鉛の板で覆われているみたいに重くて、歩くだけでしんどい。
　ほとんど徹夜したから無理もない。ひと晩中、寝ないで悩み続けていたから。
　悩むっていうよりも、事実の大きさと重さに翻弄されて、押しつぶされそうになっていただけだ。
"どうしよう、どうしよう"って壊れた機械みたいに繰り返し思うだけ。
　どうしよう、といっても、"なに"を"どう"したいのか考えが及ばないし、まともに思考が働かない。
　夜遅くにベッドに入って電気を消したけど、頭が興奮しているせいか目が冴えてしまって、まぶたを閉じる気にもなれない。
　暗がりに目が慣れてしまうと、深夜の部屋は意外なほど明るくて、ますます眠れなくなるし。
　頭の中では、凱斗の姿と入江小花さんの後ろ姿が、影絵みたいにグルグル回っていた。
　そのうちに空が白み始めて、部屋の中の明るさが増してきたと思ったら、あっという間に朝。
　目覚ましのアラームが鳴ってのろのろ起き上がったら、

全身の筋肉と神経がどっぷり疲れていた。
　1歩歩くごとに怠くて息が乱れる。なんだか頭痛もする。
　今日1日、こんなんで無事に過ごせるのかな？
　あたしは顔をしかめて、両手の指先でこめかみをグリグリと刺激しながら生徒玄関に入った。
「あ……」
　つぶやくような小さな声が聞こえて、振り向いたあたしの目が見開かれる。
　凱斗が斜め後ろで、同じように大きく目を見開きながらあたしを見つめていた。
　とたんにドクンと心臓が大きく鳴って、そのままバクバクと忙しく動き続ける。
　今までのような、恋のときめきだけでは済まなくなってしまった音が、体の中で悲しく響いた。
　それでもやっぱり、ふわりとした前髪も、切れ込みの深い二重まぶたの目も、少し見上げる背の高さも、あたしにとって特別だ。
　周りの誰よりもなによりも、凱斗の姿が鮮やかに見えるのは今も変わらない。
　こんなにも凱斗の存在は、あたしにとってたしかなもので、すごく大きいんだ。
　あんな事実を知っても、今さら想う気持ちを止められないくらい。
　あたしはやっぱり……凱斗が、好き……。
　でも、凱斗になにをしてあげられるだろう。

凱斗の助けになれるなら、救いになれるなら、どんなことだってするのに、なにも思いつかない無力な自分が情けない。
　こんなに、凱斗が好きなのに。
　そんな自分の気持ちを強く思い知って、動悸の激しい胸がギュッと痛んで、切なくて……泣きそうになった。
「凱斗、おはよう」
　あたしは凱斗にぎこちなく笑いかけた。
　無理に笑おうとしたせいでバランスが崩れて、ヘンテコな笑顔になってしまう。
　そしたら、そんなあたしを見た凱斗は逆に悲しそうな顔になってしまった。
「ごめんな、向坂」
　凱斗は悲しそうな顔のまま、これが何度目かわからない『ごめん』を言った。
「お前には、なにも言わないつもりだったんだ。お前も苦しむってわかってたから」
「凱斗……」
「お前には、絶対にそんな顔させたくなかったのに」
　凱斗の目の下、クマができてる。きっと寝てないんだ。
　それに今気がついたけど、少し痩せた気がする。
　この1ヶ月、ずっと悩んで悩んで、やつれてしまったのかもしれない。
　そのうえ、あたしを守ろうとして、ぜんぶひとりで抱え込んで耐えていたんだ。

それなのにあたしは、美術準備室で『なんにも言ってくれない』って凱斗のこと責めた。
　こんなに苦しんでる人を、こんなに好きな人を、責めてしまった。
　自分を許せない気持ち。凱斗にすまないと思う気持ち。
　ふたつの気持ちが熱い塊みたいに混じりあって込み上げて、目の前の凱斗の姿が涙で潤んでしまう。
「ごめん、凱斗」
「泣かないでくれ向坂。俺は……」
「おっはよー！　おっふたーりさあ――ん！」
　――バッシーン！
　威勢のいい挨拶と共に、背中に電流のような衝撃がビリリッと走った。
「うあ！」っと痛みに仰け反るあたしの隣で、凱斗も「ぐっ!?」っと声を出して顔を歪めている。
　ふたり同時にバッと振り返ると、そこには琥珀色の目をした美少女が両手をヒラヒラさせている姿が。
「……やだ、なに!?　あんたらの顔、悲惨すぎて怖っ！」
「亜里沙ぁ……」
「ちょっとやめてよ。ふたり揃って、腐りかけのゾンビみたいな顔してこっち見ないで。どこの墓地から復活してきたのよ」
「誰が腐りかけのゾンビだ！　俺はバイオハザードか！」
　嚙みつくように突っ込む凱斗に向かって、亜里沙は動じる様子もなくサラッと髪を掻き上げる。

「どうせ考えたって仕方のないこと、ネチネチネチネチ考えてたんでしょ？」
「藤森、お前なあ！」
「そういう、梅雨時の洗濯物みたいなジメった態度、やめてくんない？　あーうざ」
　形のいい鼻からふんっと息を出し、冷めた目で亜里沙は続ける。
「あたし、言ったじゃん。あんたの責任じゃないって。別にあんたが彼女の首絞めたわけでも、ナイフ突き刺したわけでもないじゃん」
「…………」
「なんであんたが責任感じるの？　あんたってマゾ？　鬱陶しいし、男のくせに情けないよ」
　凱斗は亜里沙の言葉を神妙な様子で聞いていたけれど、最後の部分で思い切りムッとした顔になった。
　そしてプイッと顔を背けて、肩を怒らせながら自分のクラスの下駄箱の方へ歩いていってしまう。
　ああ……凱斗、怒っちゃった。
　でも、なんだかさっきよりちょっと元気になってない？
　亜里沙の言う通り、梅雨時の室内干しみたいだった空気がフッと変わって、おかげであたしの気持ちも少しだけ軽くなった。
　亜里沙のおかげだ。口は悪いけどこれがいつもの、亜里沙流の励まし方なんだよね。
　亜里沙って本質的にはすごく優しいんだ。……圧倒的に

誤解されやすい優しさだけど。
「亜里沙、ありがとう。凱斗を元気づけてくれて」
「なにが？　事実を言っただけだよ」
　感謝を込めてお礼を言うあたしに、本当になんでもない顔をして亜里沙は答えた。
「何度も言うけど、凱斗に責任はないの。当然、奏にも責任なんかないんだからね？」
　言うだけ言って、"この話はおしまい"とばかりにスタスタと歩いていく亜里沙。
　その後を追いながら、あたしは思っていた。
　責任はない。それは、そうなんだろうとは思う。
　だからできることならあたしも凱斗に、責任なんかないよって言ってあげたいけど。
　でも、それは同時に自分自身に、「あたしは入江さんの自殺なんか、なーんにも関係ありませんから」って言っているのと同じことだ。
　そんなこと、やっぱりあるはずがない。
　あたしたちに責任はなくても、あたしたちの"せい"ではある。
"責任"と"せい"。
　それは似ているようで、やっぱり少し違うと思うんだ。
「奏、ほらまた考えてるでしょ」
　靴を履き替えるのも忘れてぼーっとしているあたしに、亜里沙が声をかける。
「あたしの隣で1日中、そんな潰れたバナナみたいなネ

チョッとした顔してるつもり？　接近禁止命令出すよ？」
「ごめん……」
「謝るのもなし。さ、もう行こう」
　バンバンと背中を叩かれながら、あたしは教室に向かって進んだ。
　気分も体も、岩石でも背負っているみたいにずっしり重くて大変だけど、今日を過ごさなきゃならない。
　実際、睡眠不足で受ける授業はものすごくしんどくて、予想以上にハードな1日だった。
　今頃になって体が睡眠を要求してきて、頬杖で支えた顎が何度もガクッとずり落ちる。
　そのたびに先生にジロッと睨まれて、冷や汗をかいた。
　トドメに六時間目の体育は持久走だった。
　校庭を何周も汗まみれになってグルグル走ってるうちに、目の前がチカチカしてきて、冗談抜きでこのまま倒れるかと思った。
　やっと放課後になった時には、体力を使い果たし、油断すると魂がどっかに飛んでいきそうなほど危険な状態。
　亜里沙がずっと横でサポートしてくれたから、なんとか無事に過ごせたけど。
「凱斗は、どうしてるのかな……？」
　亜里沙と一緒に生徒玄関へ向かいながら、改めて凱斗のことが心配になった。
　今日1日を過ごしてみてわかった。大きな悩みを抱えながら普通に日常を過ごすって、本当に大変なことだ。

凱斗はこんな日常を、もう1ヶ月も続けてる。
「凱斗にも亜里沙みたいな、事情を知って支えてくれる人がいるのかな？」
「いないんじゃない？　あいつ無駄にプライド高そうだし」
「相談、しづらいよね。やっぱり」
　よっぽどの相手じゃないと、こんな相談できないと思う。
　男だったら、自分の弱さを見せたくない気持ちだって強いだろうし。
　少年事件が起きると、コメンテーターがテレビで必ず言うセリフを聞いて、あたしはいつも思っていた。
『こんな深刻な事態なら、どうして早く大人に相談しなかったんでしょう？　本当に残念です』
　……簡単に相談できたら苦労しないよ。
　あなたこそ自分の深刻な問題を、そんなに簡単にペラペラ相談できるんですか？　って思う。
　事態が深刻であれば深刻であるほど、できない。
　相談する相手が"大人"って存在であるほど、打ち明けるのをためらってしまうんだよ。あたしたちと大人は、世界がまるで違うから。
　境目に透明な壁みたいなものがたしかにあって、目では向こう側が見えるけど、どうしてもそこを越えられない。そんな異世界の人間相手に、大事な相談なんかできるわけない。
　訳知り顔をしてる大人ほど、結局なんにもわかってないもんだしな。

そんな風に考えながら、あたしは靴箱の革靴を手にした。
　——カサッ……。
　指先に感じた、覚えのある感触にビクンッと体が震えた。
　とたんに全身に冷たい緊張が走り、ドクドクと鼓動が鳴り始める。
　まさかと思っておそるおそる靴の中を覗き込んだら、やっぱり、そこにメモ用紙があった。
「奏、どうしたの？」
　靴の中を見ながら青ざめていたら、亜里沙が急いで近寄ってきた。
　メモ用紙を見つけて、取り出しガサガサ広げる。
　そこに書かれていたものは……。
『入江小花が自殺したのは、お前と、凱斗先輩のせいだ』
　飾り気のないグレーの罫線。少し丸みを帯びた黒い文字。
　コピーしたんじゃないかと思うくらい、すべてがまったく、昨日と同じだった。
　でも事情を知ってしまったあたしが受けた衝撃は、昨日の比じゃない。
　恐怖といってもいいくらいに動悸は速まり、冷や汗が噴きでて体の芯までひんやりする。
　とてもじゃないけどメモ用紙に触ることもできない。
　文字の陰に隠れながら自分の存在を誇示して、『知っているぞ』と、あたしを責める人が身近にいる。
　誰なの？　あたしにこんなことする、あなたは誰？
　——グシャッ！

亜里沙がメモ用紙を握りつぶし、目を吊り上げて叫んだ。
「もう許せない！」
　そして生徒玄関から校舎内へと、小走りで廊下を戻り始めた。
「亜里沙!?　どこ行くの!?」
「このムカつく犯人、探しにいく！」
「え!?　ちょっ……？」
　あたしも亜里沙の後を追って、人混みを避けながら小走りに廊下を進んだ。
「犯人探すって、アテでもあるの？」
「見当はつく」
「え!?　誰!?」
「入江小花って子の深い事情を知る人物なら、だいたい想像つくでしょ？」
　言いだしにくい相談を、できた相手。
　それはたぶん親じゃない。きっと先生でもない。まして、初対面のカウンセラーとかでもない。
　つまり、それは……。
「一番の親友。それしかないでしょ」
　メモを握りつぶした右手を掲げ、亜里沙は自信たっぷりな様子で言う。
「この文面、あきらかに奏と凱斗を責めてる。つまり入江って子が、この犯人にとってすごく大事な存在だったからなんだよ」
　大切な親友が自殺してしまった。

それが誰のせいなのか、自分は知っている。
　だから親友の代わりに、あたしと凱斗を責めて敵を討ってるってこと？
「たぶん同じクラスの子だよ。たしか入江さんは1年2組だったよね？」
　そう言って亜里沙は階段をタタタ……と軽快に駆け上がった。あたしも同じようにしようとしたけど、なにせ疲弊しきっているから、足が動かない。
「あ、亜里沙……待って……」
「奏、遅い！　先行くよ！」
　見捨てられたあたしは重い足を持ち上げ、手すりにつかまって息を切らしながら階段を上る。
　やっとの思いで1年2組の教室が見える所までたどり着いたら、亜里沙が入口で男子生徒と話しているのが見えた。
「そう。入江さんと仲が良かったのは、中尾美弥って子なのね？」
「はあ、そうですけど……」
　亜里沙はシルクのように滑らかな頬を緩め、天使みたいに微笑んでいる。
　琥珀色の可憐な瞳でじーっと見つめられた1年男子は、妙にぶっきらぼうな口調で、でも顔がしっかり赤い。
「中尾さん、まだいる？　もう帰っちゃったかな？」
「たぶん中庭っスよ。あいつ今週花壇の当番だから」
「そう、ありがとうね」
　まるでシャララン……と音が聞こえるように美しいスト

レートヘアを掻き上げて、亜里沙はまた微笑んだ。
　そして、ぼーっとしている男子の視線を背に受けながら、あたしの元へ戻ってくる。
「ほら奏、急いで。1階に戻るよ」って促す口調も顔つきも、すっかりいつも通り。
　再び駆け足でいく亜里沙に追いつけないあたしは、ひとりで階段を降りて生徒玄関へ向かい、靴を持って渡り廊下で履き替えると、中庭へ出た。
　土と緑の匂いがする中庭は、ケヤキやイチョウの木が庭を囲むように青々と葉を茂らせている。
　少し伸びすぎた枝が空間に翳(かげ)を作って、夕刻の日陰と混じりあい、さらに周囲を薄暗くしていた。
　風に揺れる枝の下にはブロックで仕切られた花壇があり、赤や白、紫色の花をたくさん咲かせている。
　その横で、亜里沙が女子生徒と向かい合って立っていた。
　最近雨が多いせいか、花壇の世話をしている人は他に誰もいない。
　あの子が中尾美弥さん？　入江小花さんの親友？
　あのメモ用紙を、あたしの靴に入れた人？
　初めて見るその人の姿を、あたしは少し離れた場所から見つめていた。
　探るような視線に気づいたのか、中尾さんらしき彼女がパッとこっちを見る。射抜くような真っ直ぐな目に、あたしは怯んだ。
　彼女のちょうど肩ぐらいまで素直に伸びた髪が、軽く内

巻きになっている。

　運動部なのか、日に焼けた健康的な肌色。キュッと上がった両眉と目尻。

　元々、そんな顔なのか。それとも怒っているからなのか。

　あたしを見つめる真っ直ぐな視線が、樹々で囲まれたこの空間が、まるで逃げ場のない檻のように感じられて……怖い。

「さあ中尾さん、ちゃんと奏の前で白状しなさいよ。やっぱりあんたが犯人なんでしょ？」

　亜里沙がいつにも増して、強い口調で問いつめた。

　すると中尾さんはあたしから亜里沙に視線を戻して、平然と答える。

「犯人？　なんのことですか？」

「わかってるんでしょ？　これよ」

　亜里沙が、握りつぶして丸めたメモ用紙を見せつける。

「なんですか？　その紙くず」

「これは紙くずじゃない！　あんたのでしょ!?」

「ゴミはゴミ箱に捨ててください。あたしに押しつけられても困るんですけど」

「……いっそあんたのその口を、ほんとにゴミ箱代わりにして、このゴミ突っ込んでやりましょうか？」

「なんだ。やっぱりそれ、ゴミじゃないですか」

　……すごい。

　亜里沙と互角に渡り合う人なんて、初めて見た。

　バチバチと静かな火花を散らして応酬しているふたりの

様子を、つい状況も忘れて見入ってしまう。
　見た所、かなり気の強そうな子だ。
　たぶん亜里沙みたいにしっかり者で、人から頼られるタイプなんだろう。
　入江さんも、中尾さんに頼っていたんだろうか。
　凱斗への苦しい想いのすべてを、彼女は打ち明けていたんだろうか。
「あんたのツラの皮って真っ黒で分厚くて、まるで140デニールの黒タイツみたいね。平気でしらばっくれてずうずうしい」
　ズケズケと毒づく亜里沙に凹む様子も見せず、中尾さんはまたあたしへと視線を移した。
「しらばっくれてませんよ。メモを書いて靴の中に入れたのは、あたしです」
　まるで、この時が訪れるのを待ち構えていたように、彼女は力を込めてあたしに宣言する。
「小花が自殺したのは、あなたと、凱斗先輩のせいです」
　——ドクン……！
　拳で思い切り殴りつけられたみたいに、心臓が痛んだ。
　メモを読んだ時に感じた正体不明の怖さとも違う、真正面からドンとぶつけられる脅威。
　そして敵意を見せることを、まったくためらう様子もない彼女の、堂々とした態度。
　自分の言葉によって目の前の人間が傷つくことなんて、どうでもいい。そんなこと知ったことか！

感情の塊を露骨にぶつけられた衝撃に、あたしはみっともなくうろたえて身を固くした。
「よくもそんなデタラメ言えるね！　本人目の前にして！」
　声も出せないあたしの代わりに、亜里沙が中尾さんの横顔にツバを飛ばしそうな勢いで怒鳴った。
　でも中尾さんは、あたしから一切視線を逸らさないまま亜里沙に答える。
「デタラメじゃありません。事実です」
「どこがよ！　奏にも凱斗にも、なんの責任もないでしょ!?」
　それから亜里沙は少し声のトーンを落として、言葉を続けた。
「……たしかに凱斗の中途半端な優しさは、入江さんにとっては、かえって良くなかったんだろうとは思うけど」
　亜里沙の言いたいこと、あたしにはわかった。
　気持ちに応えられないとわかっているなら、もっと断固とした言い方で伝えるべきだったのかもしれない。
　でも凱斗は、入江さんを傷つけたくなかったんだ。
　そうならないで済むよう、できるだけ穏やかに距離を置こうとした。
　その優しさが入江さんを追いつめたとしても、凱斗にはどうにもできなかった。
　だって自分に想いを寄せてくれている相手なら、なおのこと、傷つけたくなんかないじゃないか。
「凱斗に責任はない。もちろん奏の責任でもない」

「そんなこと、藤森先輩に言われなくてもわかってます」
　あたしを傷つけることをまるで恐れていない表情の、中尾さんが言った。
「誰が"責任"があるって言いました？　あたしは、ふたりの"せい"だって言ってるんです」
　ストレートに言い切られて、あたしはぐっと空気の塊を呑み込んだ。
"責任"と"せい"。
　まさに、自分が感じていた通りのことをズバッと指摘されて、まるで地面に組み伏せられてしまったような気持ちになる。
　なにも言い返すことができず、あたしは唇をギュッと嚙んだ。中尾さんはたたみかけるように繰り返す。
「小花の自殺に関して、ふたりに責任なんかないですよ。ただ、あなたたちのせいというだけです」
「なにその、わけわかんない理屈！」
　我慢の限界のように亜里沙が叫んで、中尾さんの肩をつかんでグイグイと自分の方へ向けようとした。
　でも中尾さんはよろけながらも、あたしを見ることをやめようとしない。
　どんなに体勢を崩しても、射るようにあたしを見続けている。
「あたしは、知ってほしかっただけです。小花の自殺が自分のせいだということを、まったく知りもしなかった奏先輩に」

石みたいに立ち尽くしているあたしの心に、彼女の言葉が突き刺さる。
　……そうだ。ぜんぶ彼女の言う通りだ。
　あたしはなにも知らなかった。
　のんきに凱斗と相合傘することしか頭になかった、おめでたい自分。
　なにも知らなかったその頃の自分の頭を何度も殴って、怒鳴りつけてやりたい。
　ののしって、責めて、責めて、責め続けてやりたい。
「ねえ、奏先輩。これからどうするつもりですか？」
　亜里沙の手を振り切って、中尾さんがあたしに向かって1歩進んだ。
「小花のことを知っても、凱斗先輩と付き合うつもりなんですか？」
　罪を糾弾(きゅうだん)するような口調で、あたしを責める。
　入江さんのことを差し置いて、自分たちだけ幸せになるつもりなのか？
　中尾さんは、そんなことは許されないって言いたいのだろう。
「どうなんですか？　ねえ、付き合うんですか？」
　これでもかっていうぐらい、あたしの心の領域にドスドスと入り込んで、彼女は責め続けた。
　……わかってる。あたしたちのせいなんだってこと。
　だから苦しんでるし、悩んでいるんだ。
　今こうして思ってることを、心の中の自分の声を、ちゃ

んと口に出して訴えたいのに。

　でもなにを言った所で、保身や言い逃れに聞こえてしまいそうな気がする。

　感情が、ちゃんとした言葉にまとまってくれない。

　気持ちばっかり先走って、出口が見当たらなくて膨らんで、胸の奥がジリジリと熱くなる。

　そんな弱気のあたしを見越したように、中尾さんはさらに容赦ない言葉を投げつけてきた。

「先輩って、小花の気持ちを知ってもまだ凱斗先輩のこと好きなんですか？」

　ジリジリと熱く増していた反発心が、一気に冷たくなって勢いを失った。

　冷たい言葉の刃物に、あたしが抱える罪悪感の真ん中をグサリと突き刺されたから。

　――あたしのせいで入江さんは死んだのに。そのあたしが、まだ凱斗を想っていても許されるの？

　それは昨日、凱斗から事実を知らされた瞬間から、芽生えていた思いだった。

　でも……ずっと気づかない振りしてた。

　許されないって自分の中にある答えを、聞きたくなかったから。

　入江さんのことを思えば、どうしても凱斗への気持ちを、申し訳ないと思ってしまう。

　それでもあたしは凱斗のことが好き。

　今でも、この気持ちに変わりはない。

あたしと凱斗の、お互いの想いは叶わないかもしれないけど。
　だからこそ、せめて好きな気持ちだけは持ち続けていたい。せめて、好きな気持ちだけは……。
「好きなんですか？　まだ好きなの？」
　それすらも許さないように、中尾さんは問い続ける。
　なんだか小馬鹿にしているみたいな冷たい目をして、見下すような口調で。
　あたしの心の中で一番きれいで、一番たしかな、凱斗を思い続ける部分を軽蔑するみたいに。
　……そんなの嫌だ。それだけは嫌。
　凱斗を好きでいる、この気持ちだけは、どうしても譲りたくない。
　凱斗の隣にいたい。罪に苦しむ凱斗を支えてあげたい。
「あたしも、凱斗も、ちゃんと、わかってて……」
　うつむきながら、懸命にあたしは中尾さんに向かって言葉を吐きだした。
　心臓がバクバク鳴って、痛いくらい握りしめる手に汗がにじみでてる。
　すごく緊張して、怯えてるのを隠そうと勇気を振り絞っている自分が情けない。
　なんでこんなビクビクしてるの？
　なんであたし、中尾さんの顔を見て話せないの？
　なんでこんな、消えそうに小さい声しか出せないの？
　これじゃ、まるで言い訳してるようにしか聞こえない

じゃない。
「ちゃんと悩んでるし、苦しんでるし、だから……」
「そういうこと、聞いてるんじゃないんですけど？」
　必死の思いで立ち向かうあたしの言葉を、中尾さんは簡単に断ち切ってしまった。
　どうにか紡ぎだそうとしていた言葉が途切れてしまって、あたしは思わず中尾さんの顔を見てしまう。
　そして、威圧的な彼女の目にビクッとして、おどおどと視線を逸らした。
「奏先輩って、どのくらい凱斗先輩のこと好きなんですか？」
「ど、どのくらいって……」
　いきなり思わぬ質問をされて、あたしは怯んだ。
　そんなこと聞かれても困る。好きな気持ちなんて計れないもの。
「小花は、凱斗先輩を本気で好きでしたよ。本当に、ものすごく真剣に想っていたんです」
　中尾さんはとても誇らしげで、挑戦的だった。
　そしてひどく低い声で、わざとらしいほどゆっくりと告げる。
「……凱斗先輩を失ったら、生きていけないほど想ってた」
　あたしは弾かれたように顔を上げた。
「先輩はどうですか？　凱斗先輩に振られたら生きていけないくらい、真剣に凱斗先輩を想っているんですか？」
「…………」

「どうなんですか？　小花に負けないくらい凱斗先輩のこと想ってるって、自信もって言えますか？」
「あ……」
　ポカンと開いた口から、声にならないつぶやきが漏れた。
　頭から冷たい水を被ったみたいに、ザーッと全身の血が凍えていく。
　あたしは、凱斗に2度も拒絶された。
　相合傘を断られた時と、美術準備室で。
　もちろん、すごく悲しくて辛かった。だけど、それで死のうなんて、まったく考えもしなかった。
　入江さんみたいに、凱斗に振られたから自殺しようなんて、微塵も頭をよぎらなかった。
　命を断とうとするほどには、絶望しなかったから。
　でも入江さんは、した。
　絶望したんだ。彼女は。
　凱斗に振られたら生きていけないくらい、凱斗のことを、強く強く想っていたから。
「この世で一番凱斗先輩のことを真剣に好きだったのは、小花です。あなたじゃない」
　中尾さんが1歩、あたしに向かって進んだ。
　あたしはビクッと後ずさる。
　ザリッ……と、細かい石を踏む小さな音が、不思議なほど大きく聞こえた。
「凱斗先輩の隣にいるべきだったのは、本当にふさわしかったのは、小花です」

ケヤキの枝が風に揺れて、ザワザワと葉を鳴らす。

黄昏色(たそがれいろ)の冷えた空気が中庭をすっぽりと覆いつくし、不安を煽(あお)る。

ここは、他には誰もいない、誰の声も聞こえない檻。

ざわめく風の音と、怖いほどきれいなオレンジ色の空気が、耳と肌をヒリヒリと突き刺した。

「あなたは、小花に負けたんです」

また1歩、彼女があたしに近づいてきて、あたしもまた1歩、後ずさる。

心臓が動揺に耐えきれず、破裂しそうに激しく動悸を打っている。

彼女の言葉を聞くのが、怖い。

聞きたくないことを、認めたくないことを、ナイフのようにグサグサと突きたてる言葉が怖い。

なのに耳を塞ぐこともできなかった。

そんなことを決して許さない、わずかの隙もない目で、中尾さんがあたしを見据えている。

だからあたしは肩を震わせ、小刻みに呼吸をして、容赦なく突きたてられる言葉を待つしかない。

「小花に負けたくせして、まだそんな大きな顔して凱斗先輩の隣にいるつもりなんですか？」

せせら笑う声を背に、あたしはバッと身を翻して夢中で駆けだした。

「奏!?」

亜里沙の叫び声を聞きながら、革靴のまま渡り廊下を思

い切り走り抜ける。
　耐えられなかった。あの目を見て、あの言葉を聞くのは耐えられなかった。
　だから、あたしは、逃げている。
　敗北感と焦燥感に打ちのめされて、心の中が嵐のように荒れ狂う。
　衝動に突き動かされるように無茶苦茶走った。
　そしたら急に目の前がチカチカして薄暗くなって、ふっと意識が遠のく。
　フラッとよろけたあたしは、壁に手をついてその場にぺたんと座り込んでしまった。自分の体が地震みたいに揺れてる感じで、気持ち悪い……。
「奏！　無茶しないでよ！　あんた体調悪いんだから！」
　胸に手を当ててハアハア息を吐いていたら、背後から亜里沙がバタバタ駆け寄ってくる気配がした。
「あ、亜里沙ぁ……」
「大丈夫!?　なにか飲み物持ってこようか!?」
「あたし、どうしよう……」
　入江さんは証明した。
　自分の恋を、命をかけて証明した。
　その事実が、幻影のような彼女の世界が、けた外れに大きな影になって目の前に存在している。
　どうすればいい？　唯一、これだけは譲れなかった、あたしの凱斗へのたしかな気持ち。
　それすらも入江さんの影に、こんなに簡単に砕かれてし

まって。
　あたし、本当にこのまま凱斗を好きでいてもいいの？
　この恋は許されるの？
　もしも許されないのだとしたら、もう、あたしは凱斗と一緒にいられない。
　苦しむ凱斗を支えたいという願いも叶わない。
　なにもかも、好きでいることすら許されないのかと思うと、あまりにも切なくて、砂のように崩れ落ちてしまいそうだ。
　入江さんという存在は、あたしと凱斗の世界に絡みついた糸だ。
　解くことも、引きはがすこともできない。
　一生、このがんじがらめの糸に苦しみながら、報われない想いを抱えて生き続けるの……？
「奏、しっかりして」
　じっとりと汗で湿った背中を、亜里沙の手が上下している。
「泣かないで。あたしがついてる。奏には、あたしがついてるからね」
　自分でも気づかないうちに、あたしはボロボロと涙をこぼして泣いていた。
　亜里沙の声を聞きながら目を閉じて、なんの光も感じられない暗闇の中で思い知る。
　後ろ姿しか見えない入江さんの大きな大きな影に、呑み込まれていく自分を。

みじめなみじめな、無力な自分を。
　苦しむ凱斗になにもしてあげられない自分を。
　絶望的な敗北感のやり場もなく、涙を流しながら、あたしは断ち切れない糸の中で必死にもがいていた……。

柿ピーと茎ワカメ

　次の日、あたしは学校を休んだ。

　ずる休みしたわけじゃなく、本当に体調が悪かったから。

　あの後、亜里沙が家まで付き添ってくれて、『学校で急に具合が悪くなった』ってお母さんに説明してくれた。

　すっかり弱ってグッタリしているあたしを見て、お母さんは風邪だと思ったらしい。

「雨に濡れたりするからよ。ほら、横になってゆっくり休んでなさい」

　そう言ってお粥を作ってくれたんだけど、あたしはほとんど食べられなかった。

　自己嫌悪が強くて、自分が物を食べることにすら罪悪感を持ってしまう。

　朝になっても水分を摂るのが精いっぱいのあたしの様子を見たお母さんが、学校に連絡を入れた。

　ずっと横になっていると、寝返りを打つたびにギシギシと軋むベッドの音が、まるで悲鳴みたいに聞こえて神経に障る。

　普段なら学校にいるはずの時間帯の自分の部屋はとても他人行儀だ。見慣れてるはずの天井や、壁や、机が、妙に空々しい。

　ドアが静かに開いて、お母さんがヒョイと顔を見せた。

「奏、お母さん遅番勤務だから帰り遅いけど、ひとりで大

丈夫？」
「うん、大丈夫」
「なにかあったら電話して。無理しないでね」
　午後からお母さんが仕事に出かけて、あたしは家でひとりになった。
　午前中、少しウトウトできたせいか、昨日に比べれば体はそれなりに復調している。
　精神的にはまったく回復できていないけれど。
　亜里沙が休み時間ごとにスマホで届けてくれるメッセージが、心の慰めだった。
≪少しは眠れた？　ごはん食べてる？≫
≪んー、あんまり食欲なくて≫
≪まかせて！　学校終わったら、奏の好きな物買ってお見舞いに行くね！≫
　スマホの画面を通して、亜里沙の力強い励ましが伝わってくる。おかげで、ベッドから起き上がれるくらいの気力が回復した。
　リビングのソファに座って、リモコンを操作してテレビをつける。
　見たい番組があるわけじゃなく、ただ家の中がシーンと静まり返っているのが嫌だった。
　物音ひとつしない、静かな空間にひとりでいると、不幸な思考に呑み込まれて抜けだせなくなってしまう。
　たとえ一方通行であっても、テレビから音や声が聞こえてくれば、ほんの少しだけ気休めになった。

そうして考えるのは、やっぱり自分と凱斗と、入江さんとの関わりあいのこと。
　この世は人の数だけ、その人の世界が……糸が溢れかえっている。
　あたしたちは望んだわけじゃないのに、勝手にお互いの世界が糸のように複雑に絡みあって、もつれてしまった。
　まるで天から降る無数の雨のように、こっちの意思はお構いなしに、糸は勝手に降り注いでくる。
　そんなの、どうやったって避けられない。
　そして関わりあってしまった他人の世界は、こんなに複雑で、どうしようもなく厄介だ。
　他人の世界に関わらなければ……こんなに苦しむこともないのに。そうやって生きていけたら、どんなに楽だろう。
　──ピンポーン。
　玄関のチャイムが鳴って、あたしはハッと我に返った。
　ああ、また不幸な思考に囚われていた。
　……亜里沙が来てくれたのかな？　あたしはソファから立ち上がり、インターホンで対応した。
「はい」
「向坂？」
「…………」
　とっさに、返事ができなかった。
　インターホンの画像に映っている人物を、信じられない思いで凝視する。
「凱斗？」

「ああ」
「……え? あれ? な……?」
「具合悪くて学校休んだって聞いて」
「…………」
「大丈夫かなって心配になって」

え? え?

それって、あたしを心配して、わざわざお見舞いに来てくれたってこと?

……え!? ほんとに!?

煮崩れした豆腐状態だった頭が、一気に覚醒(かくせい)する。

手で口元を覆って、ひたすら混乱しながら食い入るように画像に見入った。

どうしよう!

まさか凱斗が来てくれるなんて思ってもいなかったから、びっくりしすぎてどうすればいいのかわからない。

インターホンの前で声も出せずにいたら、凱斗は、無音の対応を拒絶と受け取ったらしい。
「俺の顔、見たくないか? 当然だよな。わかった、このまま帰っ——」
「ま、待って凱斗! 違うの!」

凱斗の顔を見たくないんじゃないの!

そうじゃなくて、どんな顔で凱斗に会えばいいのか、わからないの。

あたし、凱斗のことを想う気持ちだけは、きっと誰にも負けないって思ってた。

でもその自信は、あんなに簡単に打ち砕かれてしまう程度のものだった。
　中尾さんに反論ひとつできずに、尻尾を巻いて逃げだして、こうして学校を休んでウジウジしてる。
　なのに凱斗は、こんなあたしを心配して、わざわざお見舞いに来てくれた。
　凱斗に申し訳なくて、自分が恥ずかしくて、会わす顔がないんだ。
　あたし、この扉を開けていいの？
　あたしにそんな資格があるの？
　モニターに映る凱斗と視線を合わせることすらできなくて、黙ってうつむくあたしの耳に、凱斗の静かな声が聞こえた。
「いいんだ、気をつかわないで。じゃあ、俺はこれで……」
　ハッと顔を上げると、ぎこちなく微笑んだ凱斗がモニター画面から遠ざかっていくのが見える。
　その寂しそうな微笑みに、胸がズキリと痛んだ。
　あたしが、凱斗にこんな顔をさせてしまった。
　……待って凱斗。違うんだよ。
　あたし、凱斗にそんな顔をさせたいわけじゃない。
「待って！　今、開けるから！」
　あたしは立ち去ろうとする凱斗に向かって、モニター越しに叫んでいた。
　このまま凱斗を帰してしまって、いいはずがない。
　そしたらあたしは、また逃げたことになる。

そんなのダメだ。

中尾さんから逃げて、凱斗からも逃げて、それでなにかが楽になったり、解決するとは思えないもの。

だからって、なにをどうすればいいかなんて、ぜんぜんわかんないけど。

少なくとも、凱斗にあんな顔をさせちゃいけないってことだけはわかる。

だってあたしは、苦しむ凱斗の支えになりたい。凱斗の笑顔を守りたいんだ。

あたしは急いでドアを開けて、目の前に立つ凱斗を見上げた。

「い、いらっしゃい」

「ああ、うん」

「あの、どうぞ入って。今、誰もいないから遠慮しなくていいから」

せっかく来てくれたんだから話したい。一緒に、いたい。

そう思ったあたしは、思い切って凱斗を家の中に招き入れた。

「お邪魔します」

よその家に入る緊張からか、凱斗の表情も微妙に固くなっている。

リビングに案内されて、ぎこちなくソファに腰かけて、視線を泳がせている凱斗にあたしは話しかけた。

「凱斗、なに飲む？　コーヒー？　紅茶？」

「いいよ。お前、病人なんだから動き回んなよ」

愛読者カード

お買い上げいただき、ありがとうございました!
今後の編集の参考にさせていただきますので、
下記の設問にお答えいただければ幸いです。よろしくお願いいたします。

本書のタイトル(　　　　　　　　　　　　　　　　　　　　　　　　　　　)

ご購入の理由は?　1. 内容に興味がある　2. タイトルにひかれた　3. カバー(装丁)が好き　4. 帯(表紙に巻いてある言葉)にひかれた　5. 本の巻末広告を見て　6. ケータイ小説サイト「野いちご」を見て　7. 友達からの口コミ　8. 雑誌・紹介記事をみて　9. 本でしか読めない番外編や追加エピソードがある　10. 著者のファンだから　11. あらすじを見て　12. その他(　　　　　　　　　　　　　　　　　　　　　　　　　　　　　　)

本書を読んだ感想は?　1. とても満足　2. 満足　3. ふつう　4. 不満

本書の作品をケータイ小説サイト「野いちご」で読んだことがありますか?
1. 読んだ　2. 途中まで読んだ　3. 読んだことがない　4.「野いちご」を知らない

上の質問で、1または2と答えた人に質問です。「野いちご」で読んだことのある作品を、本でもご購入された理由は?　1. また読み返したいから　2. いつでも読めるように手元においておきたいから　3. カバー(装丁)が良かったから　4. 著者のファンだから　5. その他(　　　　　　　　　　　　　　　　　　　　　　　　　　　　　　　　)

1カ月に何冊くらいケータイ小説を本で買いますか?　1. 1～2冊買う　2. 3冊以上買う　3. 不定期で時々買う　4. 昔はよく買っていたが今はめったに買わない　5. 今回はじめて買った

本を選ぶときに参考にするものは?　1. 友達からの口コミ　2. 書店で見て　3. ホームページ　4. 雑誌　5. テレビ　6. その他(　　　　　　　　　　　　　　　　　)

スマホ、ケータイは持ってますか?
1. スマホを持っている　2. ガラケーを持っている　3. 持っていない

学校で朝読書の時間はありますか?　1. ある　2. 今年からなくなった　3. 昔はあった　4. ない

ご意見・ご感想をお聞かせください。

文庫化希望の作品があったら教えて下さい。

学校や生活の中で、興味関心のあること、悩みごとなどあれば、教えてください。

いただいたご意見を本の帯または新聞・雑誌・インターネット等の広告に使用させていただいてもよろしいですか?　1. よい　2. 匿名ならOK　3. 不可

ご協力、ありがとうございました!

郵便はがき

| お手数ですが切手をおはりください。 |

104-0031

東京都中央区京橋1-3-1
八重洲口大栄ビル7階

スターツ出版(株) 書籍編集部
愛読者アンケート係

(フリガナ)
氏　名

住　所　〒

TEL　　　　　　　　　　　　　　携帯／PHS

E-Mailアドレス

年齢　　　　　　　　　　　　　　性別

職業
1. 学生 (小・中・高・大学(院)・専門学校)　　2. 会社員・公務員
3. 会社・団体役員　　4. パート・アルバイト　　5. 自営業
6. 自由業 (　　　　　　　　　　　　　　　　)　7. 主婦　　8. 無職
9. その他 (　　　　　　　　　　　　　　　　　　　　　　　　　)

今後、小社から新刊等の各種ご案内やアンケートのお願いをお送りしてもよろしいですか?
1. はい　　2. いいえ　　3. すでに届いている

※お手数ですが裏面もご記入ください。

お客様の情報を統計調査データとして使用するために利用させていただきます。
また頂いた個人情報に弊社からのお知らせをお送りさせて頂く場合があります。
個人情報保護管理責任者:スターツ出版株式会社 販売部 部長
連絡先:TEL 03-6202-0311

「大丈夫。もうだいぶ元気になったから」
　実際、凱斗に会ったとたんに頭がスッキリして、血の巡りがよくなった気がする。
　凱斗を見てると、温かくて優しい風に吹かれたみたいに心がフワッと膨らんで、細胞の一つひとつが元気になるんだ。
　中庭で中尾さんと話してから、凱斗を想い続けることに対してずいぶん悩んでいたけれど、こうして凱斗が会いに来てくれたことは素直に嬉しい。
　こんながんじがらめの状況だけれど、つくづく思う。
　やっぱり、あたしは凱斗が好きだって。
「これ、見舞い」
「ありがとう。気をつかわせてごめんね」
　凱斗が差しだしてくれた白いポリ袋を受け取って、中を覗き込んだら……。
「カリカリ小梅と、柿ピーと、味付き茎ワカメだ」
「…………」
「お前、これすっげえ大好物なんだって？　藤森に教えてもらった。渋い趣味してんだな」
　……亜里沙ぁ！
　顔から火が出る思いで、あたしは袋を握りしめた。
「あのさ……ごめんな」
　とつぜん、凱斗が謝った。あたしは袋から顔を上げて、うなだれた様子の凱斗を見つめる。
「藤森から聞いたんだ。さんざん中尾さんにひどいこと言

われて、お前が傷ついたって」
「あ……」
「藤森に怒鳴られた。俺のせいだって」
「そんな。凱斗のせいじゃないよ」
「いいや。俺のせいだ」
　背中をかがめて、膝の上で両手を組み、凱斗はポツポツと慎重に言葉を吐きだす。
　うつむき加減の表情は、ずいぶんと沈痛だった。
「あの時、俺が入江を追いかけていればよかったんだ。そうすれば……」
　あの時ああすれば。こうすれば。
　そうすれば、入江さんは自殺しないで済んだんだろうか。
　彼女の心は救われて、万事解消、円満解決、万歳三唱、大団円。そんな風に……。
　……ならなかったろうと、思う。
　入江さんの望みは、凱斗になぐさめてもらうことじゃなかったから。
　入江さんは凱斗が欲しかった。凱斗と恋人同士になりたかった。
「でも俺は、入江が望むものは与えてやれなかった」
　凱斗が、ポツリとそう言った。
　だから彼女の後は追いかけられなかった。
　入江さんの望みを叶えるためには、凱斗の気持ちを曲げなければならない。
　それじゃ今度は凱斗が救われない。

どうにもならない。

絡みあった世界と世界はこんなにも複雑で、やり切れない。

だからあたしは、繰り返しこう言い続けるしかないの。

「凱斗は悪くないよ。悪くないんだよ」

でも凱斗はふるふると首を横に振り、その言葉を拒否し続ける。

「悪くないのはお前だ。お前こそ、なにも悪くないのに苦しんでる」

「凱斗……」

「それも俺のせいなんだ。……だから俺、これから入江の家に行こうと思う」

「え!?」

思いもよらないことを聞いて、あたしはキョトンとした。

家に行く？　入江さんの家に？

凱斗の意図がぜんぜんわからない。

「どういうこと？」

「俺のせいで、向坂が苦しむのはもう耐えられない。なによりもお前が傷つくことが、俺は嫌なんだ」

すうっと息を吸い、ゆっくりと大きく吐いて、自分を励ますみたいにして凱斗は話を続ける。

「……俺は入江の葬儀に参列しなかった。しなかったっていうか、できなかった。家族葬だったこともあるけど、怖かったんだ」

それは当然だと思う。入江さんの遺影や棺を、入江さん

の家族の間近で見るのはあまりにいたたまれない。

　生々しい死の象徴は、誰にだって衝撃が大きすぎるのに。あたしや凱斗の立場なら、なおさらそうだ。針のむしろに座らされるなんてもんじゃない。

「まずそこから、向き合うことから始めたいと思う。今からでも入江に手を合わせたいんだ」

　この1ヶ月、ずっと凱斗は閉じた貝のようにして過ごしてきた。それは言葉にできないくらい、とても辛い毎日だったと思う。

　あたしなんて、昨日の1日だけで寝込んでしまったぐらいだ。

　けれどそれは一方で、自分を責めることだけで済ませていた日々だった。

　責める以外の、なんにもできていない、していない日々。

「俺、このままじゃいけないと思う。いいかげん、前に進みたい」

　真剣そのものの表情で、声に力を込めて訴える凱斗を見ながら、思った。

　入江さんに手を合わせたら、なにかが変わる？

　ただの気休めにしかならないかもしれない。

　余計に罪悪感に苛まれるだけかもしれない。

　でも……いつまでも、こんな状態を続けられないのも事実だ。

「凱斗、あたしも一緒に行く」

　思わず、そう口走っていた。

自分でもちょっとびっくりしてしまうくらい、自然に出た言葉だった。
　行動することによってなにかが変わるかもしれない。変わらないかもしれない。どっちに転ぶか、わからないけれど……やってみるしかない。
「あたしも前に進みたい。凱斗と一緒に」
「向坂……」
　驚いたようにあたしの顔を見ていた凱斗が、ゆっくりうなずいた。
「ああ、一緒に行こう」
　入江さんの影に呑み込まれる以外、なにもできないと思っていたけど、やってみよう。
　なにも変わらないかもしれないけど、このままでいるのは、あたし絶対嫌だから。
　凱斗にリビングで待ってもらって、あたしは自室で制服に着替えた。それからすぐにふたりで入江さんの家へ向かって出発する。
　どこか緊張した表情をして、いつもの青い傘を手に持ち、黙々と隣を歩く凱斗にあたしは話しかけた。
「傘持ってるの？」
「ああ」
「雨、降らないんじゃないかな？　降水確率20％だって言っていたし」
「たぶんな。大丈夫だろ」
　降らないと思ってるのに、傘を持ち歩いてる凱斗。

凱斗にとってこの傘は、自分の罪の象徴のようなものだ。
　入江さんを死に追いつめた傘を持つことで、わざと自分を苦しめて、罰している。
　どうしても自分自身を責めずにはいられないんだろう。
　やっぱり、こんな精神状態のままじゃいけないと思う。

　ちょうど夕刻の頃合いだから、学校帰りの小学生や、犬の散歩をしている人たちと、何度もすれ違った。
　町を包む空気が、ほのかに朱に色づき始め、アスファルトに映る影の背丈も伸びている。
　道端の街路樹を見上げれば、たっぷりと茂った葉が、傾きかけた太陽に照らされていた。
　日の当たる薄い緑と、陰になった濃い緑にクッキリ明暗を分けて、気怠そうに夕暮れの風に揺れていた。
　いつもなら見逃しがちな、なんの変哲もない風景が、今日はやけに心に響く。
　凱斗が隣にいるからかな？
　あたしの歩調に合わせて歩く濃紺のブレザー姿の彼を、横目でチラリと盗み見た。
　肩先20センチの隣に、凱斗がいる。
　ただそれだけで、あたしの心やあたしの目は、見えなかったものがこんなに見えるようになるんだね。
　入江さんも、ついこの前まで、こんな風景を毎日見ていたんだろうか。
　すれ違う柴犬のしっぽの丸みを、かわいいと思ったりし

たんだろうか。
　子どもたちのランドセルの色の鮮やかさや、金具がカチャカチャ鳴る音を、懐かしく感じたんだろうか。
　風に乗って流れてくる、どこかの家の晩御飯の匂いに、優しい気持ちになったんだろうか。
　そんな一つひとつが、なんだか特別に意味のあることのように思えた。
「お前んちに行く前、ちゃんと藤森にも、入江の家に行くつもりだって話したんだ。そしたらさ……」
　不意に凱斗が、歩きながらしゃべり始めた。
「たぶんお前も、俺と一緒に行くって言いだすはずだって言ってた」
「亜里沙が？」
「ああ。その通りだったな。……なんかすげぇよな、あいつ」
　苦笑いみたいな感じで、凱斗はちょっと笑った。
「見た目と内面が、あれだけギャップがあるって、マジですげぇよ。ほとんど詐欺だよ」
　あたしもつられて笑いながら答えた。
「亜里沙本人は、あの見た目を嫌ってるんだけどね」
「間宮のヤツもなー。藤森のどこに惚れてんだか」
　あたしは両目をパチパチさせて、無言で凱斗を見上げた。
　え？　リーダー間宮君が？
　ヤベ……って顔をした凱斗が、ガリガリ頭を掻いた。
「これ、絶対ないしょな。藤森はもちろん、他の誰にも」
　ちょっと困った顔で、人さし指を口元に当てながら、ヒョ

イッとあたしの顔を覗き込む。
　そんなしぐさをされて、あたしの心は午後の陽射しのようにふわりと色めき立った。
　浮ついた自分の気持ちが整理できなくて、ちょっとだけ凱斗から視線を逸らす。
「意外。間宮君って優等生タイプだし、恋愛に興味ないのかと思ってた」
「前に体験授業で、近所の幼稚園の運動会の手伝いに行ったことあったろ？」
「ああ、そういえばあったね。そんなこと」
「その時にさ、年少の男の子が転んで泣いてるのを見た藤森が、助けもせずに腕組みしながら説教かましてたんだと」
　亜里沙ってば、幼稚園児相手になにしてるんだか。
　でもすごく亜里沙らしくて、そのシーンがありありと目に浮かぶ。
「『自分の年齢に甘えるな。困った時に誰かが必ず助けてくれるなんて幻想を、そんな若いうちから抱くな』って。それ見て間宮のヤツ、えらく感動したらしい」
「……ごめん。今の話のどのへんが感動的なのか、わかんないのってあたしだけかな？」
「安心しろ。俺もサッパリわかんねえから。でも間宮にとっては、鮮烈な感動シーンだったんだ。今までの自分にはなかった世界を、見せてくれる女だって確信したんだとさ」
　その言葉が、あたしの胸に深く響いた。
　今までの自分には、なかった世界。

それはどうしても、自分以外の誰かと深く関わりあうことでしか、垣間見ることができないものだ。
「どうして……」
「え？」
「どうして凱斗は、あたしのこと好きになったの？」
　聞くつもりもなかった言葉が、ホロリとこぼれ落ちてしまった。
　一度こぼれてしまえば、もう止まらない。
「あたしたち、どうしてお互いを好きになったんだっけ？　海外ミリテリーが好きだから？　バラードが趣味だから？　ネコ番組のファンだから？」
　思いつくのはそんな理由ばかり。
　あたしと凱斗の世界って、どれをとっても〝だからなんなの？〟って言えちゃいそうな、そんな薄い関わりばかり。
　好きって、恋って、そんな軽いもの？
「…………」
「…………」
　あたしと凱斗の間に沈黙が流れる。
　わかってる。好きになった理由なんて、答えるのが難しいことくらい自分でもわかってる。簡単に〝趣味が似てるから〟なんて答えられたりしたら、余計に落ち込むし。
　あたしが本当に欲しいものは、理由なんかじゃないって凱斗もきっとわかってる。
　入江さんの凱斗への想いがあまりにも強すぎて、不安になるんだ。

まるで彼女の気持ちだけが本物で、価値があるみたい。
　だからこっちにだってちゃんと価値があるって証明したい。されたい……って思ってしまう。
　たしかなものが欲しい。あの子よりも、誰よりも。
　……これじゃまるで、ただの競争だ。目の色を変えて、欲しいものを奪い合いしてるだけみたい。
「あのさ」
　急に立ち止まった凱斗が、ボソッとつぶやいた。
　あたしもビクリと立ち止まって、軽くうつむきながら身を固くする。
　まるで子どものワガママみたいなあたしの質問に、凱斗が怒っていたらどうしようって怖かった。
「俺さ、さっきコンビニで、茎ワカメ探したんだ」
　つま先を見つめるあたしの目が、無意識に上向いた。
　凱斗は道の先を真っ直ぐ眺めながら、ポツポツと話し続けてる。
「最初に入ったコンビニには、藤森に教えてもらったお前好みのメーカーのがなくてさ。似たようなのはあったんだけど、俺、それじゃダメだった」
「…………」
「探し回って、結局3軒ハシゴして、やっとのことで見つけた時、これだ！って思った。すっげー嬉しかった」
　いったん言葉を切り、凱斗は髪を掻き上げて、ちょっと首を傾げる。
　そしてあたしの方へ視線を戻し、真っ直ぐな目で告げた。

「つまりそういうことなんだけど……それじゃ、ダメか？」

凱斗を見つめ返すあたしの両目がツンッと熱くなって、鼻先がジーンと痺れる。

たぶん今あたしの顔って、赤パンダみたいになっちゃってると思う。

それでも、凱斗から目を逸らせなかった。

嬉しさとか、温かさとか、幸せとか、切なさとか、いろんなもので胸がいっぱいになって、はち切れそうだ。

「ありがと、凱斗……」

泣きそうだから、涙声でそう言うのが精いっぱい。

ごめんね。おかしなこと聞いてしまって、ごめんね。

探してくれて、ありがとう。見つけてくれて、ありがとう。ありがとう。

人と人って、関わりあえばどうしても糸は複雑に絡みあって、苦しみや悲しみを生んでしまう。

だけど関わらなければ、こんな風に好きな人と並んで歩くこともできない。

自分の心がこんなに色めき立つことを、知ることもない。

「あのさ、実は俺も好きなんだ」

「……え？」

「柿ピー、すっげ好きなんだ。大好物」

「…………」

関わらなければ、知ることもない。

自分も柿ピーが好きだって告げる、凱斗の微笑みを。

好きな人の唇が、『好きだ』という言葉を発するたびに、

胸が切なくざわめくことも。
　どこか遠い場所から、教会の鐘の音が聞こえてきた。
　向かいの道路の柴犬が鼻先をクンッと上げ、澄んだ黒い瞳で無心に音を追う。
　色づいた空気に染み入るように響きわたる、優しい音色があたしの心を震わせる。
　降るような透明な音に包まれ、あたしと凱斗は向かい合い、見つめあう。
　言葉にできない、細い細い糸のようななにかが薄っすらと、でもたしかに繋がったような気がした。
「行こうか」
「うん」
　このまま、時間が止まってしまえばいい。
　でも、立ち止まってはいられないんだ。
　手足を伸ばして前に進まなきゃ。
　あたしと凱斗は、入江さんの家に向かってまた歩き始めた。

世界の奥の扉

　入江さんの自宅は、表通りから少し奥に入った静かな住宅街にあった。
　肩を寄せあうようにして並ぶ家々の、ひとつの門の前で凱斗が立ち止まる。
「ここが、入江の家だ」
　玄関脇に枕木風や樽(たる)風のおしゃれなプランターがたくさん並んで、色とりどりの花を咲かせている。
　あたしたちはしばらくの間、2階建ての家を見上げていた。
　ここは入江さんの気配が一番色濃く残っている場所。
　入江さんのことを一番愛していて、大切に思っていて、その死を最も悲しむ人たちがいる場所。
　そこに、あたしたちは踏み込まなきゃならない。
　足元から背筋にかけてザワザワ走る、悪寒(おかん)に似た緊張に必死に抗(あらが)う。
「入ろう」
「うん」
　いつまでもここで、足をすくませているわけにはいかない。思い切って玄関まで進み、凱斗がチャイムを押した。
『はい』
　インターホンを通して聞こえてくる女の人の声に、凱斗が緊張した様子で答える。

「とつぜん、すみません。入江小花さんと同じ高校の木村といいます。小花さんにお線香をあげてもいいでしょうか？」

すぐに玄関の扉が開いて、ブラウン色のセミロングヘアの若い女の人が姿を見せた。

年齢から察するに、たぶん入江さんのお姉さんだろう。

ノーメイクのお姉さんは顔色が悪く、目も赤く充血していて、疲れたように肩を丸めている。

……大事な妹をとつぜん亡くして、心の底から悲しんでいるんだ。

この人の、この悲しみはあたしのせい。

そう思うと罪悪感がどっと込み上げてきて、まともに顔を見ることができない。

あたしは視線を逸らせながら、ぎこちなく頭を下げた。

「わざわざありがとう。さあ、どうぞ」

お姉さんは静かな声でそう言うと、あたしたちを家の中に招き入れてくれた。

「お邪魔します」

蚊(か)の鳴くような声で挨拶して、緊張しながら玄関で靴を揃えて脱ぎ、無言で廊下を進む。

そしてすぐ近くの小部屋へと案内された。

そこは小さな和室で、木製のテーブルと座布団以外は家具がまったくない。

白い壁と、畳と、襖(ふすま)と、狭い床(とこ)の間(ま)。

壁際の小さい折り畳みテーブルの上に、位牌(いはい)がひとつ、

ポツンと置かれていた。
　黒くて細い、長さ十数センチのそれは、これまでのあたしの人生には、まるで無縁のものだった。
　あたしの家には仏壇なんてないし、おじいちゃん、おばあちゃんも、まだまだ元気だし。
　身近な人の死っていうものを、まだ経験していないあたしにとって、その黒いものはとても異質で、不思議なものに思えた。
　位牌の前には湯呑に入ったお水と、ロウソク立てと、お線香立てだけ。
　お花どころか、入江さんの遺影すらも飾られていない。
　彼女の顔を見ることを覚悟して、ずっと緊張していたあたしは拍子抜けしてしまった。
　正直、違和感を覚えるくらいの殺風景さだ。
　凱斗も同じことを考えているのか、なんだか居心地が悪そうだった。
　お姉さんはテーブルの横にペタンと座り込み、なにも話さず、虚ろな目で畳を見ているばかり。
　そんな沈んだ空気の中で、あたしと凱斗はおずおずと位牌の前に正座した。
　まず凱斗がロウソクからお線香に火をつけて手を合わせる。静かに目を閉じて、そのままじっと動かない背中を、あたしは後ろから見守っていた。
　……凱斗は今、なにを思っているんだろう。
　入江さんに謝罪しているんだろうか。

その謝罪は、彼女に届くんだろうか。
　そのどの答えも、あたしには知りようもない。
　やがて凱斗がそっと目を開け、あたしに場所を譲ってくれた。
　そしてあたしは、初めて入江さんと正面から向かい合う。
　黒く細長い位牌の真ん中に刻まれた、金色の文字。
　入江さんに新しく与えられたこの長い名前が、入江さんがもう、この世の人ではない証。
　お線香の煙に包まれながら、あたしはその文字を静かに見た。
　ここで、なにを思えばいいんだろう。
　彼女に、なにを伝えればいいんだろう。
　そもそも彼女は、あたしに手を合わせてもらいたいなんて、これっぽっちも思ってもいないのだろうに。
　むしろ、嫌がっているかもしれない。だってあたしなら恋敵がやってくるなんて嫌だもの。
　彼女の気持ちを無視して、自分が前に進むためだけに、こうして手を合わせている。
　死んでからまで……彼女を傷つけているのかな……。
　写真も見られず、顔すらわからない入江さんは、やっぱり今でも影でしかなくて。
　あたしは大きな幻影の前で、その圧迫感に呑み込まれそうになっていた。
　手を合わせ終えて、凱斗と並んでお姉さんに向かって頭を下げる。

それまでほとんどなにもしゃべらなかったお姉さんが、やっと口を開いた。
「今お茶を用意するから、待っていてね」
　そう言って怠そうに立ちあがろうとするお姉さんに、あたしは慌てて声をかけた。
「あ、あの、どうぞお構いなく。お姉さん」
　するとお姉さんの眉間(みけん)がピクリと反応する。
「──私は、あの子の姉ではないのよ。入江の妻です」
　一瞬、なにを言われたのか理解できなかった。
　入江の妻？　妻ってつまり、お父さんの奥さん？
　奥さんってつまり……。
　え!?　この人、入江小花さんのお母さんってこと!?
　思わず口を開けたあたしの隣で、凱斗も目を見張ってお姉さ……じゃなくて、お母さんを見ている。
　ふたり揃って失礼な態度かもしれないけど、でも、この人がお母さんってどういうことだろう。どう見ても20代前半くらいにしか見えない。
　あんまり驚いたから、つい口に出てしまった。
「お、お母さんですか!?」
「ええ。実の母親じゃないけれど。去年、あの子の父親と結婚したのよ」
　それを聞いて、あたしは思い出した。
　そういえば、入江さんは早くにお母さんを亡くしたって凱斗が言っていたっけ。
　じゃあ入江さんのお父さんは、この人と再婚したんだ。

この、あたしたちとあまり年が違わないような、大学生といってもおかしくないくらいすごく若い女の人と。
　とにかく驚いた。すごく驚いた。
　ひたすら面食らっていたら、不意に彼女のカーディガンのポケットから振動音が聞こえた。
　スマホを取りだした彼女は、画面を見て「あら」とつぶやく。
「ごめんなさい。ちょっと電話に出てもいいかしら？」
「あ、ど、どうぞ」
「よかったら、あの子の部屋に上がって、形見分けに思い出の品を持っていってちょうだい」
「え？」
「せっかく弔問に来てくれたんだから。それに、どうせぜんぶ処分してしまうんだし」
　……処分……？
　その言葉に冷たいものを感じて、あたしはちょっと困惑してしまった。
　いつまでも遺品をそのまま放置はしてはいられないんだろうけど、『どうせぜんぶ処分する』って言い方は、少し投げやりに思えてしまう……。
「2階へどうぞ。階段を上がってすぐの部屋ですから、ごゆっくり」
　そう言って彼女は、スマホを片手に和室から出ていってしまった。
　残されたあたしと凱斗は顔を見合わせる。

「どうしよう……？」
「すすめられたんだから、行くしかないだろ。入江の部屋に」
「そう、だよね」
　だけど、なんか気が引けるな。
　彼女のプライベートの領分に、土足で踏み込むような申し訳なさを感じる。
　あたしは凱斗と一緒に和室を出ながら振り返り、位牌に向かって『ごめんなさい』って心の中でつぶやいた。
　階段を上がってすぐ目の前にある入江さんの部屋のドアノブには、『こばなのおへや』って書かれた木製の四角いルームプレートが下がっていた。
　おそらく小学生くらいの頃の図工の作品だと思う。色とりどりの絵の具で、文字やお花がかわいらしく描き込まれていた。
　なんだか入江さんの過去に、ちょっとだけ触れたような気がして切なくなる。
　ドアノブを回して扉を開けると、窓のカーテンが閉まっているせいで部屋の中は薄暗かった。
　スチール製の勉強机に、ピンクのイス。
　白い本棚と、木目調のクローゼットと、青い水玉模様のクッション。
　女の子らしいインテリアが、ここに間違いなく、入江さんが存在していたことを伝えている。
　それなのに、今はもう、彼女はいない。
　それが不思議な気がして、形見分けをしてもらうつもり

はなかったけれど、なんとなく周囲をキョロキョロと眺めてしまった。

　ふと勉強机の上に飾られているいくつもの写真立てに目が留まり、引き寄せられるように覗き込むと、そこに写っているのは、ぜんぶ同じ女の人。

　こっちに向かって笑顔を見せながら、いろんなポーズで写真立てに収まっている。
「これ、ひょっとして入江さんの実のお母さんの写真かな？」
「たぶん、そうなんじゃないか？」
「凱斗、入江さんのお父さんの再婚のこと知ってた？」
「いや。だって去年、結婚したんだろ？」

　そうか。中学を卒業してから今年まで、凱斗と入江さんは交流がなかったんだっけ。
「驚いた。あんな若い人と再婚したんだね」
「ああ。俺もてっきり入江のお姉さんだとばかり思った」
「入江さん……お父さんの再婚、どう思ってたのかな？」
「うーん、どうなんだろうな？」

　首を傾げる凱斗に、あたしは自分が感じたままの気持ちを率直にしゃべっていた。
「新しく親子の関係を作るのって、大変だったんじゃないかな？」

　あたしはお母さんとしょっちゅうケンカして、頭にきたことや思ったことをぜんぶ言っちゃうけど、それはどんなに仲が険悪になったって、本気で嫌われることはないって

信じてるからだ。
　でも入江さんと新しいお母さんの間には、そういうのはまだないんだよね？
　小さい頃ならまだしも、この年齢になって初対面の人と家族の信頼感っていうか、親子の絆をいきなりゼロから作らなきゃならないって、きっと大変なことだと思う。
　どうしても新しいお母さんに遠慮しちゃうだろうから、なかなか本音を言えなかったんじゃないかな？
　嫌われたらどうしようって、怖くてさ。
「……さっきの部屋、位牌しかなかったね」
「ああ」
「写真も、お花もお供え物もなかったね。なんか持ってくればよかったな」
　実のお母さんの写真だけが、何枚も飾られた机の上。
　最近のお父さんの写真や、新しいお母さんの写真は1枚も見当たらない。
　そして普段使われないような和室の片隅に、押しやられるように置かれていた位牌。
　あの寒々しい光景が妙に胸に迫って、やるせない。
　入江さんはひょっとして、この家ではあまり幸せじゃなかったんじゃないだろうか？
　あたしは窓に近寄り、カーテンを開けて、明るさの増した室内を振り返る。
　そしたら、勉強机に向かって写真を眺めている、入江さんの幻が見えた気がした。

あの位牌のようにポツンとひとり、背中を丸めている。
　相変わらず顔はわからないけど、その頬はしっとり濡れている。
　押し殺した泣き声が聞こえてきそうで、あたしの胸がギュッと痛んだ。
「あたし、ここにいるの、辛い」
　この家に来れば、罪悪感にさいなまれるだろうと覚悟はしていた。
　けれど今、予測していなかった種類の辛さを感じて、あたしは戸惑っている。
　本当に、勝手に入ってはいけない部分に踏み込んでしまっている気がするんだ。
　それは凱斗も同感みたいで、すぐにうなずいた。
「そうだな。挨拶して、もう帰ろう」
「うん」
　あたしたちはカーテンを閉め、ドアを閉じて、階段を降りる。すると、途中で階下からお母さんの話し声が聞こえてきた。
「まだ電話中みたいだね」
「挨拶できないな。勝手に帰るわけにもいかないし……」
　様子を窺おうと、声の聞こえる方へ移動したら、一番奥のドアの前に行き着いた。
　まだ電話終わらなそうかな？
　ドアにはめ込まれているガラスの部分からヒョイと中を覗き込んで、あたしはハッと息を呑む。

……泣いてる。新しいお母さんが、ソファに座って電話しながら、泣きじゃくっている。

　ああ、やっぱり入江さんを失って、深く悲しんでいるんだ。そのことにまた罪悪感が広がっていく一方で、心のどこかで安心もしていた。

　お母さんが悲しんでくれていてよかったって。

　ところが、そんなあたしの思いに反して……。
「なんで？　なんで私が、こんな目に遭わなきゃならないの？　あの子が自殺したせいで」

　聞こえてきた言葉は、想像していたものとは正反対のものだった。

　思わず顔を見合わせたあたしと凱斗の耳に、どんどん予想外の言葉が聞こえてくる。
「そりゃ、ある程度の覚悟はしてたわよ。思春期の女の子の母親になるんだもの。でもまさか、こんなひどい仕打ちをされるなんて！」

　誰にも聞かれていないと信じ込んでいる彼女は、スマホに向かって感情をぶつけるように思いを吐きだし続けた。
「あの子ったら、私をいびって家から追いだそうとしてたのよ！」

　グスグスと涙を啜る音と一緒に、衝撃的な言葉が耳に飛び込んできて、あたしは目を丸くした。

　いびる？　追いだす？
「初めて紹介された時から嫌な予感はしてたの。だってあの子、どんな話題を振っても完全に無視するんだもの。私

の顔すら、まともに見ようとしなかったわ」

ドア越しに聞きながら、つい首を傾げてしまう。

完全無視って、入江さんが？

でも彼女の評判からは、とてもそんなひどいことをするような子には思えない。

だけどお母さんの口からは、そんなあたしの考えを引っくり返すようなことばかりが、次々と飛びだしていた。

あの子が結婚式で私の両親を邪険にした、とか。

招待客にも、ふて腐れた態度をとっていた、とか。

「一緒に暮らすようになってからも、なにが面白くないんだか、食事中もムスッとしているし。しかも私が作った料理をちっとも食べてくれないの」

お母さんは立て板に水のごとく、電話相手に夢中でしゃべり続けている。

「おまけに食事の後で自分の部屋にこもって、コンビニで買ってきたおにぎりをこれ見よがしに食べるの。毎日毎日、食べ残された料理を捨てる私の気持ち、わかる？」

話を聞いて、お母さんに少し同情した。

一生懸命作った手料理よりも、買ってきたおにぎりを選ばれてしまったら、それはさすがに悲しいだろう。

入江さんって、本当にそういうことができる人だったのかな？

「洗濯だって絶対、あの子は自分の服を私には洗わせなかった。私の服と自分の服が、洗濯機の中で一緒になるのが嫌だったみたい。私、まるでバイキン扱いよ」

お母さんの話から、入江さんの思いもよらない姿が、次々と明るみになっていく。
　それを自分の中でどう処理すればいいのかわからず、あたしは凱斗の顔を見上げるしかなかった。
　凱斗は、すごく複雑そうな表情をしている。
　自分が知っている入江さんとのギャップの激しさに、混乱しているようだった。
「でも私もお腹に赤ちゃんがいて体調が悪かったし、あの子ばかりに気をつかっていられなかったの。あの子もそのうち大人になったら、いつか謝ってくれるだろうって思ってた……」
　――赤ちゃん？
　あたしはガラス越しに、お母さんのお腹を見た。
　タイトスカートに包まれたその部分は平らで、赤ちゃんがいるようには見えない。
　もう生まれたのかな？　でも、赤ちゃんの泣き声もぜんぜん聞こえないし、この家からは小さな子どもがいるような気配は感じられないけど。
　凱斗も同じ疑問を感じたようで、あたしと顔を見合わせて首を傾げている。
　そんなあたしたちの耳に、また思いがけない言葉が聞こえた。
「きっといつかは、仲良くなれると信じていたのよ。……あの、雨の日までは」
　雨の日という単語に、心臓を鷲づかみにされたような強

い衝撃が走る。
　凱斗はサッと顔色を変えて、細いガラス越しに部屋の中を覗き込んだ。
　あたしもザワザワと胸を波打たせながら、息を殺して中を窺う。
　あたしたちに聞かれていることも知らず、お母さんは顔をクシャクシャにして、両目から涙をボロボロ流して、震える声で必死に訴えていた。
「あの雨の日に、あの子が……」

　……そして。
　お母さんの口から語られる驚愕の事実をすべて聞き終えたあたしたちは、そのあまりの重さにぼうぜんと立ち尽くしてしまった……。

第4章

最後の文字

　住宅街を出て、少し大きな裏通りに抜けてからも、もうずっとあたしと凱斗は黙りこくって歩き続けていた。

　胸の中に渦巻くこの感情を表すことのできる言葉が、とても見つからない。

　さっきドア越しに聞いた話が、あたしたちの頭と心を支配するように、重々しくのしかかっている。

　あの雨の日……入江さんは全身ずぶ濡れになって帰宅して、そのまま2階の自分の部屋に閉じこもったらしい。

　普段とは違う様子が心配になったお母さんは、タオルを持ってドア越しに話しかけた。

　けれどなんの反応もなかったから、諦めてタオルを部屋の前に置き、階段を下りた。

　そしてその途中で濡れた階段に足を滑らせ、1階まで転げ落ちて……流産、してしまった。

　お母さんは泣きながら、電話の相手に何度も繰り返していた。

　あの子のせいだって。

　あの子に"責任"はないけど、あの子の"せい"なんだって言ってた。

　その意味が、あたしにはわかる。

　たしかに入江さんに責任はない。だって入江さんがお母さんを階段から突き落としたわけじゃないもの。

だけど、もしも入江さんが濡れて帰らなかったら？
　自分でタオルを持って部屋に上がっていたら？
　そもそも階段を上がる前に、着替えていたら？
　そしたら流産なんて悲劇は防げたかもしれない。
　しかもその悲劇の直後に、入江さんは自殺してしまった。
　度重なるショックに耐えながら、葬儀の準備に駆けずり回るお母さんの耳に、事情を知らないご近所さんの心ない噂話が聞こえたらしい。
『きっとあの継母が、小花ちゃんにひどい仕打ちをしていたんじゃないか？』
　そしてお母さんの心は限界を超えて、完全に打ちのめされてしまった。
　こんなに深刻な事情を知って、とぼとぼと歩くあたしの目に映る光景は、嘘みたいになんの変哲もない世界だ。
　車道を走る宅配便のトラックの排気音や、深く濃い夕暮れ色に染まる家々の壁。
　わずかに夜の匂いの混じり始めた風も、人の話し声も、足音もなにもかも、普通のまま。
　でも、そんな世界の奥には、いくつもの見えない秘密が隠れているのかもしれない。
　今までずっと、幻影のように感じていた入江さんの世界に隠されていた生々しい秘密を、あたしは知ってしまった。
　あの話はぜんぶ、本当のことなんだろうか？
　入江さんは本当に、あの新しいお母さんに冷たい態度をとっていたんだろうか？

お母さんの電話の様子からして、嘘を言っているようには思えなかった。

　息を継ぐ間もないくらい、ヒステリックにわめき散らしていたあの感情は、どうみても本心。だから、おそらく事実なんだろう。

　新しいお母さんが苦しんでいるのも、そしてお腹にいた赤ちゃんの死も、入江さんの"せい"。

　入江さんは赤ちゃんの死に責任を感じて、思いつめたはずだ。

　あたしと凱斗は、その辛さや苦しさが、よくわかる。

　でも、もしかしたら彼女の自殺は、あたしと凱斗が原因じゃなくて……。

「あっ……」

　大きな橋に差しかかった時、1歩前を歩く凱斗が急に立ち止まった。驚いた表情で、橋の下に広がる河原の方を見下ろしている。

「あっ……」

　あたしも同じようにつぶやいて、ピタリと立ち止まってしまった。

　すでに日は落ち、周囲の景色は青みの強い紫色に染まっている。

　そんな薄い闇色(やみいろ)の川べりに、制服姿の女の子がひとり立って、ぼうっと川面(かわも)を見つめていた。

　あたしと凱斗はお互い顔を見合わせて、まるで、そうするのが当然のように川原に下りる。

そしてその女の子に近づいて、背中からそっと声をかけた。
「⋯⋯中尾さん」
　振り向いたその人は、入江小花さんの親友の、中尾美弥さんだった。
　薄暗い空気のせいか、その表情からは感情が読み取れない。無言で振り向いた中尾さんは、あたしたちにはなんの反応も返さず、やっぱり無言で再び川を眺めた。
　川幅が広く、深さもある水の流れは、最近の雨のせいか急ぎ足のように速い。
　中尾さんの目は、暗い色に染まった水底にある、なにかを見つめているように思えた。
「俺たち今、入江の家に行ってきたんだ」
　低い水音と重なるように、凱斗が言う。
「そうですか」
　やっぱり低い声でそう答える中尾さんは、こちらを振り返りもしない。
　ひどく孤独に見える彼女の背中が、入江さんの幻影と重なった。
「じゃあ、先輩たちも知ったんですね。小花のこと」
　川面を見つめたままの中尾さんと、入江さんの幻影に向かって、あたしは答えた。
「うん。あたし、知ったんだよ。入江さんの存在を」
　自分とはまったく関わりあいのなかった、別世界。
　その命が消えてしまったと知った時でさえ、深い感情も

感傷も湧かなかった。
　だけど今、こうしてその後ろ姿を見ている。
　見知らぬ彼女が大きな存在になって、あたしの心を占めている。
「あたし、ずっと思っていたの。入江さんが自殺したのは、自分と凱斗のせいだって。だけど、もしかしたら……」
「ええ。それは違いますよ」
　まるで、"そんなこと、どうってことない"とでも言うような軽い口調で、中尾さんが言った。
　そして不意にしゃがみ込み、足元に置いてあったバッグのファスナーを開ける。
　バッグの中から、白い小花模様がちりばめられた水色のノートを取り出し、あたしに突きつけた。
「どうぞ読んでください。小花の日記です」
「え？」
　あたしは面食らって、中尾さんの顔とノートを交互に見つめてしまった。
「これ、ほんとに入江さんの日記なの？」
「はい。そうです」
「入江さんの日記なのに、『読んでください』と言われても勝手に読んでいいものか……」
　無表情な顔で、無表情な声で、中尾さんは言葉を返す。
「だってもう、小花はこの世にいないんですよ？」
　あたしは返答につまってしまった。
　入江さんはもう日記を読まれようがどうされようが、恥

ずかしがりも嫌がりもしないけど。
　だけど、許可なく日記を読むのは、さすがに気が引けてしまう……。
「読まないんですか？　読めば本当のことがわかるのに」
　中尾さんの言葉が、あたしの心を大きく揺さぶった。
　本当のこと？　それは、入江さんが自殺した本当の理由がわかるってこと？
　この日記を読めば……この苦しみから、入江さんの影から、あたしも凱斗も解放されるの？
　目で問いかけるあたしに、中尾さんはノートをペラペラとめくって、広げて差しだす。
「この辺りから読めばいいと思います」
　あたしは、両手でしっかりとノートを受け取った。
　開かれたページには、黒いインクで書かれた、癖のないきれいな文字が並んでいる。
　これが入江さんの文字。今はもういない彼女が、生きていた証のひとつ。
　そう考えると、ノートの中の小さな文字の一つひとつが、すごく重要なものに感じられた。
　心臓がドキドキして、ノートを持つ手に強い動悸(どうき)が伝わって、震える。
　痺れに似たジリジリした緊張が、全身に走る。
　いつの間にか速まっていた呼吸を落ち着かせるように、ゴクリと喉(のど)を鳴らした。
　迷う心と、真実を知りたい心が強くぶつかりあって、あ

たしの視線がノートの上でフラフラ彷徨う。
　そしてあたしの目は、ついに文字を追い始めた。

　　──6月10日　土曜日　晴れ
　今日、お父さんから恋人を紹介された。
　……いきなり、だった。
　彼女の存在も教えられていないまま、レストランに連れていかれた。
　本当にとつぜんだったから、混乱しちゃって、まともに話すこともできなかった。
　お父さんに恋人がいるみたいだってことは、少し前から気がついてたけど。
　でもお父さん、恋人の存在を隠したいみたいだったから、気がつかないふりしてたんだ。
　ついにあたしに紹介する気になったってことは、たぶん結婚とか、真剣に考えているんだと思う。
　これって、いいことなんだよね？
　あたしは祝福しなきゃいけないんだよね？
　そうだよね？
　……でも、どうしても思い出してしまうよ。
　お母さんが死んじゃった時、お父さんが誓った言葉を。
『一生、お前を愛し続ける。俺の妻は永遠にお前だけだ』
　白い布を顔にかけられて、お布団に横になっているお母さんに、お父さんは大声で泣きながら言っていた。
　あたしも一緒にわんわん泣きながら、心の中でお母さん

と約束したんだ。
『あたしのお母さんは、永遠にお母さんだけだよ』って。
　お父さん、あの時のこと忘れちゃったのかな？
　もうお母さんのこと、好きじゃなくなっちゃったのかな？
　そうだとしたら、すごく悲しい。
　でも、祝福しなきゃいけないんだ。
　だってお父さんは、頑張って幸せになろうとしているんだもの。
　誰かを好きになるってことは、とても素晴らしいことなんだから。
　あたしも凱斗先輩を好きになれて、付き合えて、すごく幸せだった。
　ほんの少しの間だったけど、あの時間は、あたしの宝物。
　だから、ふたりのことは祝福する。
　今日はどんな反応すればいいかのかわからなくて、ちゃんと話せなかったけど。
　でも次に会うときは、きっとうまくできる。
　あたし、頑張る。次はきっと、うまくいくよ。
　おめでとう、お父さん！
　良かったね、お父さん！

　——7月2日　日曜日　曇り
　最近、困ってる。
　どうすればいいのか、わからない。

お父さんの恋人さんは、すごくいい人だと思う。

　お姉さんみたいにすごく若くて、明るいきれいな人。

　会うたびに、あたしにいっぱい話しかけてくれるんだ。

「小花ちゃんのこと知りたいの。仲良くなりたいから」って、たくさん質問してくる。

　……でも困るんだ。なんて答えればいいのか、わかんなくて。

「得意な科目はなに？」って聞かれても、答えられない。

　だって、堂々と自慢できるほど得意な科目なんて、ないんだもん。

　あたし、あんまり勉強できる方じゃないし。

　ここで適当に嘘ついても、お父さんと恋人さんが結婚したら、あたしの成績なんてすぐにバレちゃう。

「やだ、この子ったらすぐバレる嘘なんか言って」って後から思われるのは、嫌だよ……。

「将来の夢はなに？」って聞かれても、これも答えられないんだ。

　だって将来なんて、まだ考えてもいないんだもん。

　それとも普通はそんな早くから、将来のことをしっかり考えてるものなの？

　じゃあ、まだぜんぜん考えられないあたしって、ダメな子なのかな？　やっぱり頭悪いから？

　ダメな子って思われたくない。ガッカリされたくないんだ。

　恋人さんは頭が良さそうだから、「こんな出来の悪い子

の母親になるなんて」って嫌われちゃったら、どうしよう。
　だから勉強のことも、将来の夢も、恋人さんに気に入ってもらえるような、一番いい答えを言わなきゃって思う。
　お父さんの幸せためにも絶対失敗できないって、すごく思う。
　……でも、それって難しい。
　恋人さんがどんな答えを気に入るのか、あたし、わからないし。
　あたし、恋人さんとはもっと、普通のおしゃべりがしたいな……。
　好きな科目とか、志望校とか、そういう面接みたいなことじゃなくって、美弥と話すみたいなことを話してみたい。
　担任の愚痴とか、苦手なクラスメイトのこととか、この前の球技大会で、うちのチームが優勝したこととか。
　そしたら、もっと仲良くなれそうな気がする。
　でもそんな話、きっと恋人さんはしたくないんだよね？
　だって恋人さんは、大人なんだもの。
　大人は、子どもとはぜんぜん違うから。
　だからあたしが、もっとちゃんと頑張らなきゃならないんだ。
　今度こそあたし、お父さんにも恋人さんにも満足してもらえるように頑張るんだ。

　——*8月21日　月曜日　曇り*
　最近、はっきりしない曇り空ばかり続いてる。

恋人さんとあたしの仲も、曇り空。
あたしが悪いんだ。あたしの態度が、この天気みたいにはっきりしないから。
なにを聞かれても、上手に対応できないあたし。
頭良さそうな答えとか、大人に気に入ってもらえそうな答えが、パパッとひらめかない。
恋人さんががっかりしたり、だんだんイライラしてきているのがわかる。
お父さんも、あたしの態度に困ってる。
そんなふたりの気持ちが、すごくはっきり伝わってくるのに、どうにかしなきゃって焦るばかりで、うまくできないの。
うまくできないから余計にまたオロオロしちゃって。
視線を逸らして、窓の外を見ながら必死に「どうしよう」って考えてたら、お父さんに叱られた。
「お前のその、ふて腐れた態度はなんだ！」って。
お父さん、あたしはふて腐れてなんかないんだよ。
質問されたことに答えられないまま、相手の顔を無言でじーっと見続けるなんて、できないんだよ。
でもそんなこと言ったら、「口答えするな」って怒られるのは、わかってる。
だから外を見るのをやめて、下を見ていたら今度は、「聞かれたことにちゃんと答えなさい！　無視するんじゃない！」って叱られた。
無視なんか、してないんだよ……。

答えられないだけなんだよ。
だって聞かれたことに正直に答えたら、「別に」とか「なにも」とかになっちゃう。
そんなの恋人さん、困るでしょ？
お父さんも、そんなの望んでいないんでしょ？
お父さんが望んでいるのは、聞かれたことにスラスラ上手に答えることでしょ？
恋人さんだって「まあ、小花ちゃんてすごいのね！　えらいのね！」って、簡単に褒められるような展開がいいんでしょう？
わかってる。でもそんなの、あたしには無理だから。
だから、なにも言えないの。
大人には、たぶんわからないんだと思う。
しゃべっても、きっと伝わらない。
だってお父さんも恋人さんも、もう中学生じゃないから。
美弥だったら、友達だったら、中学生だったら、大人ふたりを目の前にした、あたしの気持ちがわかるはずなのに。
ふて腐れてるわけじゃない。
無視してるわけじゃない。
嫌ってるわけじゃない。
嫌われたくないだけなの。
理想的に振る舞いたいのに、それができない自分なんだってことを、今さら思い知ってるだけなの……。

―― 9月10日　日曜日　晴れのち曇り

今日は、結婚式だった。
恋人さんが、あたしの新しいお母さんになった。
結婚式も披露宴も親戚や親しい人たちだけで小さく済ませた。
新婚旅行も、しないんだって。
……あたしがいるから。
式が始まる前、トイレの個室に入っていたら、たまたまドアの向こうから若い女の人たちのおしゃべりする声が聞こえてきた。
『できるだけ地味婚にしようって、ふたりで決めたんだって』
『ご主人の連れ子さん、中学生って難しい年頃だしね』
『あんまり派手にやったら、やっぱり娘としては、面白くないわよねぇ』
『新婚旅行も行かないんだって?』
『かわいそう。でも娘さんには気をつかわなきゃね』
女の人たちがトイレから出ていっても、あたしはしばらくの間、身動きができなかった。
地味婚って、連れ子って、難しい年頃って、あたしのこと?
じゃあ……あたしのせいで、式も、披露宴も、新婚旅行もぜんぶ我慢させちゃってたの?
ぜんぜん知らなかった。だってお父さんたちに、なにも相談されてなかったから。
そんなの申し訳なさすぎる。

新しいお母さんだって、きっと小さい頃からいっぱい憧れて、この日を夢見てきたはずだ。
　あたしだって女の子なんだもん。それくらいわかる。
　だからせめて、新婚旅行ぐらい行ってほしいな。
　会場に戻って、タキシード姿のお父さんと、ウエディングドレス姿の新しいお母さんに、「あたしは大丈夫だから旅行に行ってきてよ」って伝えたら、「中学生の娘をひとり家に置いて、親が旅行に行けるわけないわ」って、新しいお母さんに笑顔で言われてしまった。
　そしたら、その話を横で聞いてた親戚の人たちが、
「もう母親としての心構えができてるのね！」
「立派なお母さんね！」
「小花ちゃん、優しいお母さんで良かったねえ！」
　って、すごく盛り上がってしまって。
　それ以上なにも言えない雰囲気になっちゃった……。
　きっとみんな、気をつかってくれてるんだ。
　新しいお母さんは、こんなに優しい人なんだよって。
　こんなに、あなたのためを考えてくれているんだよって。
　だからなにも心配することはないんだからねって。
　……違うのに。
　あたしはふたりに無理も我慢も、してほしくない。
　あたしのためを思うなら、せめて新婚旅行に行ってほしいのに。
　もっと前に、あたしにも相談してほしかったのに。
　お父さんと新しいお母さんが、ふたりっきりで大事なこ

とを話しあっている場面が頭に浮かんできた。
　そしたら、なんだか自分がひとりぼっちになってしまったみたいに感じて、胸が痛くなった。
　もちろん、イジワルで相談されなかったわけじゃないってことはわかっているんだ。
　あたしに相談しなかったのは、ふたりは大人同士で、あたしは子どもだから。ただ、それだけの理由で、誰が悪いわけでもないんだ。
「小花ちゃん、こんにちは」
「これから家族になるのね。よろしくね」
　胸の痛みを一生懸命我慢していたら、新しいお母さんのご両親があたしに話しかけてきた。
　ご両親は県外に住んでいて、あたしはまだ1度しか会ったことがない。
　お父さんがふたりに向かって、何度も何度もおじぎをしていた。
「ほら、小花、お前もちゃんとご挨拶しなさい」
　お父さんにそう言われて、一瞬、悩んだ。
　あたし、この人たちをなんて呼べばいいんだろう？
　おじいちゃん、おばあちゃん？
　いきなりそんなの、呼びにくい。
　なれなれしい子だって思われるかもしれない。
　それにふたり共、お父さんより少し年上なだけなのに。
　急に中学生から、おじいちゃんおばあちゃん呼ばわりされたら、嫌かもしれない。

バスや電車で席を譲ろうとして、「年寄り扱いするな」って、逆に怒られたって話を聞いたことあるし。
　やっぱり、いきなりそんな風に呼ぶのはまだ早いし、失礼じゃないかって思った。
　だから、「こんにちは山崎さん」って、名字で呼んで、できるだけ丁寧に頭を下げた。
　そしたら、急に周りがシーンと静まり返ってしまった。
　どうしたんだろうってビックリして顔を上げたら、全員、困ったように目配せしあっている。
　意味がわからなくてポカンとしていたら、お父さんに叱られた。
「小花！　なんだその、素っ気ない挨拶は！　もう家族なんだから"おじいちゃん""おばあちゃん"って言わないとダメだろう！」
　こんなおめでたい席で大声で怒鳴るお父さんを、お母さんのご両親がなだめている。
「いやいや、入江さん、私らはいいんですよ。これから時間をかけて受け入れてもらえばいいんですから」
「そうですよ。ゆっくり仲良くなっていきましょうね。小花ちゃん」
　あたしの機嫌をとるように、一生懸命に笑顔で話しかけてくる。
　お父さんが「ほら小花、返事は!?」って言ってるけど、あたしは頭が真っ白になってしまって、なにがなにやら。
　なんの反応も返さないあたしを見て、ご両親が困ったよ

うに顔を見合わせた。
　新しいお母さんが、そんなあたしたちを強張った表情で見つめている。
　周りの気まずい空気に包まれて、ようやく状況が理解できた。
　……あたし、失敗しちゃったんだ。どうしよう。
　そんなつもりじゃなかったのに、どうしよう。
　全身から汗がどっと噴きだして、心臓がバクバクして、顔を上げるのも怖くて、下を向いた。
　そしたら、誰かのささやく声が聞こえた。
「これは……かなり手強そうね」
　心臓に氷のナイフが深く刺さったみたいにズキンと痛んで、体中が冷たくなった。
　違うのに。違うのに。違うのに。
　でも、なにをどんな風に伝えれば、あたしの気持ちが通じるのかわからない。
　ぐるっと大人に囲まれて、あたしはなにも言えない。
　唇が震えて泣き声が漏れそうになって、歯を食いしばるのが精いっぱいだった。
　泣いちゃダメだ。結婚式なのに。
　幸せな日なのに、泣いたら、あたしが台無しにしちゃう。
　そう思って、泣かないように必死に歯を食いしばっているから、なにもしゃべれない。
　でもいつまでも口をきかないで、ずっとうつむいているあたしは、大人から見ればふて腐れてるようにしか見えな

いのだろう。
　今度は誰かが「はぁ」って溜め息をつく音が聞こえた。
　その溜め息が、またナイフみたいに心臓に突き刺さって、痛くて悲しくて……。
　我慢の限界で、ついにあたしはその場から逃げだした。
「小花！」ってお父さんの怒鳴り声が聞こえたけど、あたしは止まらずに走り続けた。
　そしてトイレの中に逃げ込んで、ずっとひとりで泣いていた。
　……今日、お父さんの恋人さんが、新しいお母さんになった。
　ふたりの邪魔をしちゃいけないから、帰ってきてからあたしはずっと、自分の部屋の中にいる。
　そしてひとりで、日記を書いている。
　今日からあたしは、新しいお母さんと、家族としてこの家に一緒に住むんだ。

　——10月3日　火曜日　雨
　最近は、ずっと雨。
　あたしの心の中も、雨。
　……辛い、なぁ。
　毎日が辛くて、毎日、雨みたいに泣いてる。
　自分の気持ちが伝わらないって、思いがすれ違うって、こんなに苦しいことなんだ。
　新しいお母さんが来て、毎日が変わった。

今まで自分の前にいなかった人が、とつぜん、そこに存在し始める。

それは想像してた以上に、大きなことだった。

台所とか、廊下とか、お風呂場とか、何気ない場所に新しいお母さんの姿を見つけるとドキッとしてしまう。

まるで、一面真っ白だったお花畑の中に、1輪だけ真っ赤な花が咲いてるみたいで、なんだか、家の中の空気そのものが変わってしまった気がするんだ。

この家はもう、あたしが知っている家じゃなくなってしまったようだ。

新しいお母さんは、とっても働き者。

お父さんと同じ会社でお仕事してるのに、家事だって完璧にこなすんだ。

家の周りもたくさんのきれいな花で飾られて、すっかりおしゃれに変わったし。

遊びに来た美弥が、「小花の家だと気がつかなくて、通り過ぎちゃった」って笑うくらい変わってしまった。

新しいお母さんはすごく忙しそうだけど、毎日明るい。

みんな一緒にごはんを食べる時も、とっても元気におしゃべりする。

いつも、その日に会社で起きたことを話題にして、ころころとよく笑うんだ。

お父さんもすごく楽しそうに、ニコニコして話を聞いている。

でもあたしには、あんまりよくわからない。

取引先の誰それさんが、あの仕事でこんなミスをした、とか言われても……。
　お父さんが笑っているんだから、きっと面白い話なんだろうなぁ、って思う程度。
　だから、あたしだけ会話に入っていけない。
　でもふたりは同じ会社でずっと仕事してるんだから、自然と話の内容が職場関係のことになっちゃうのは当然だと思って納得してる。
　それにあたし、実は最近胃の調子が悪くて、正直それどころじゃないんだ。
　病院に行かなくても原因はわかってる。新しいお母さんが作ってくれる料理だ。
　味が悪いとかじゃないんだ。ほんとにぜんぜん、そういうんじゃなくて。
　ただちょっと、あたしには油っこい。
　あたしは本当のお母さんが死んでからずっと、おばあちゃんが作ったごはんを食べていた。
　煮物とか、焼き魚とか、漬け物とか、あっさりした和食がほとんど。もともと、本当のお母さんが毎日作ってくれていたごはんも、あっさり系だった。そういうのが好きな家系っていうか、遺伝なんだと思う。
　でも新しいお母さんが作るごはんは、こってりした洋食ばかり……。
　実はお父さんは、そういうのが大好きなんだ。
　でっかいお肉がゴロゴロ入ってるカレーライスとか、肉

汁たっぷりのハンバーグとか、ケチャップをたくさん入れたナポリタンとかが昔から好きだった。

　だから新しいお母さんは、和食を作ろうなんてぜんぜん考えていないみたいだ。

　当たり前だよね。だって自分の好きな人が喜んでパクパク食べてくれるんだもん。

　仕事を終えて、買い物して、大急ぎで帰ってきて、真剣な顔でレシピを検索して、「この岩塩と特製スパイスがね、味の決め手なのよ。すぐにできあがるから待っててね！」って張り切って料理をしている。

「おいしい、おいしい」ってベタ褒めして、何杯もおかわりするお父さん。

　そんなお父さんを見て、とろけちゃいそうに幸せそうな顔してるお母さんに……、なんて言うの？

「あなたの作る料理のせいで、あたしの胃が痛くなるんです。明日からは、お父さんの好きな洋食は作らないでください」って？

　……そんなの、無理だよ……。

　だから胃が痛くなるギリギリまで、なんとか頑張って食べて、これ以上は危険だって感じたら、手をつけない。

　でも後でお腹が空くから、コンビニで買ってきたおにぎりとかをこっそり部屋で食べていた。

　でも、それが……バレてしまったんだ。

　新しいお母さんに、いっぱい泣かれてしまった。

　泣きながら食べ残しをゴミ箱に捨てて、あたしに聞いて

くる。
「そんなに私のことが嫌い？」
　お父さんが、強張った表情であたしをじっと見ている。
　あたしは、まるで裁判を受けてる人みたいに、身動きも取れずに立ち尽くしていた。
　お父さんの厳しい視線と、新しいお母さんの泣き声が、針のように体中に突き刺さった。
　それでもなんとか勇気を振り絞って、「胃が痛いから食べられない」って小さい声で必死に答えた。
　でもやっぱり思った通り、「それなら、なんでそう言わないの？」って言い返された。
　……言えないんだよ。
　言えたら、こんな思いはしないで済むのに。
　言えないから、こんな思いをしているのに。
　あたしが自分の分の洗濯をしていることも責められた。
　まるでバイキン扱いされているみたいだって、新しいお母さんはまたボロボロ泣いた。
　……違う。
　前におばあちゃんに、『もう中学生になったんだから、自分の洗濯くらいは自分でしなさい』って注意されたことがあって、だから。
　それに、あたしの部屋の中に、まだ自分を一度も入れてくれないって泣かれた。
　でも、新しいお母さんを入れるわけにいかないんだよ。
　だって部屋の中には、本当のお母さんの写真がいっぱい

いっぱい飾ってあるから。
　それを見たら、絶対悲しい思いをすると思う。
　でもだからって本当のお母さんの写真を引き出しの奥にしまい込みたくなかった。
　大好きなお母さんの思い出を、隠してしまいたくなかったんだ。
　でも、そのことを言えない。
「本当のお母さんの思い出は、あたしには片付けられない」なんて言葉は、新しいお母さんを傷つけてしまうと思うから。言えない。言えない。なにもかも言えない。
　もしかしたら、もっと早い時期なら、なんとかなっていたのかもしれないけど。
　もっと早くに勇気を出していたら、言えたのかもしれないけれど。
　でも大人の前で、子どものあたしは、その勇気が持てなかった。
　今さらもう遅い。今さら言っても……きっと伝わらない。
　最初にかけ違えてしまったボタンと同じで、こうなったらもう、どうしようもないんだ。
　それがわかっているから、あたしは唇を噛みしめて、立ち尽くすしかなかった。
　そしたら、お父さんに言われたんだ。
　お父さんは、あたしのためを思って再婚したんだって。
　おばあちゃんが亡くなったから、あたしの世話をする人がどうしても必要だと思って、勇気を出して再婚したん

だって。
　あたしの辛い気持ちはもちろんわかるけど、お父さんがあたしを思う気持ちもわかってほしいって……。
「頼むからお前も、もう少し素直になって思いやりの心を持ってくれ。もう子どもじゃないんだから」
　その言葉を聞いた瞬間、あたしは大声で泣いた。
　なにかがプツンって切れたみたいに、涙が両目から滝みたいに流れだして、止まらなくなった。
　わあわあ泣き叫びながら部屋に駆け込んで、お母さんの写真を抱きしめながら、ひとりで泣いた。
　部屋のドアをお父さんに乱暴にドンドン叩かれたけど、泣き止むことも、ドアを開けることも、あたしにはできなかった。
　あたし、素直じゃないの？
　思いやりがないの？
　あたしはもう、子どもじゃない？
　あたしがこんなに苦しいのは、ぜんぶ自分のせい？
　とつぜん、死んでしまった本当のお母さん。
　いきなり現れた、新しいお母さん。
　なにもかもが、いろんな出来事が、なんの前触れもなくやってくる。
　そして嫌でも、関わりあわなくちゃいけない。
　やってきたぜんぶを受け入れて、呑み込んでいかなきゃならないなんて。
　そんなの、辛すぎる。あたしにはできないよ。

できなかったら、それはあたしのせい？
　新しいお母さんが、悩みながら毎日一生懸命に頑張ってるの、知ってる。
　お父さんがすごく困ってるの、知ってる。
　周り中の大人たちが、あたしたち家族がうまくいくようにって、心から願ってるのも知ってる。
　でも、すれ違うの。通じないの。
　できないの。どうすればいいのか、わかんないの。
　胸が痛くて痛くて、もう張り裂けそうなの。
　泣いて、泣いて、泣き疲れるほど泣いて苦しんでも、わかんないの。
　頭がズキズキするほど考えて、息が苦しくなるほど緊張して、手に汗がにじむほど自分では頑張っているつもりなのに。
　ぜんぶぜんぶ、裏目に出るの。
　それはぜんぶ……ぜんぶ……、
　ぜんぶ、あたしの、せいなんだ……。

　——4月18日　水曜日　晴れ
　ずっと日記をサボってた。
　この春、あたしは中学を卒業して高校に進学したけど、あたしたち家族は相変わらず。
　辛いことしかなくて、なにも書く気になれなかったから。
　でもようやく、日記を書きたいって思えるようになった。
　それは、凱斗先輩と会えたから。

同じ高校だから、いつかは会うことになるかもって思ってたけど、実は少し不安だった。
　だって1度別れてるし、再会した時に普通に話せるかどうか自信がなかったんだ。
　無視されたりしたら、やっぱり悲しい。
　だから、クラブ活動の初顔合わせでバッタリ再会した時に、先輩から声をかけられてビックリした。
「久しぶり。元気だったか？」って、優しく話しかけてくれたんだ。
　凱斗先輩、変わってないな。
　変に昔のことにこだわったりしないし、特別扱いもしないし、普通に先輩後輩として接してくれる。
　悩みごとなんてなかったあの頃の、一番大切な記憶のままの先輩でいてくれたことが、嬉しいな。
　親切にクラブの説明をしてくれたり、高校生活のアドバイスもしてもらえて、すごく安心できた。
　やっぱり、先輩の側にいるとホッとする。
　家にいる時は、体はガチガチで苦しいし、心はピリピリしていて痛いけど、先輩が隣にいると、肩の力が抜けて呼吸が楽になるんだ。
　先輩だけが持っている、特別な空気感みたいなものがあって、それに触れると心がふわって柔らかくなるの。
　胸がトクトク鳴って、指先までポカポカして、いつの間にか笑ってる自分に気がつくんだ。
　笑ってるんだよ、このあたしが。

ずっと泣いてばかりだった、このあたしが。

凱斗先輩ってすごいな。すてきだな。

やっぱり……好きだな。

うん、あたし、まだ凱斗先輩を好きなんだって自覚しちゃったんだ……。

こんな気持ちはダメ？　別れた人を好きでいるって、いけないこと？

でも、好きでいたいよ。

毎日辛いことばかりだけど、先輩の姿を見るだけで、こんなに幸せな気持ちになれるんだもの。

だから先輩、お願い。好きでいさせてください。

あなたの笑顔を、これからも見つめさせてください。

そしたらあたし、きっと頑張れる。

どんなに辛くて悲しい毎日でも、先輩を好きな気持ちが、生きる勇気を与えてくれる。

先輩と再会できてよかった。

先輩を好きになれて、本当に本当によかった……！

――5月14日　月曜日　雨のち曇り

凱斗先輩に、なんだか避けられているような気がする。

気のせいかな？　たぶん、あたしの気のせいだよね？

だってあたし、先輩を怒らせるようなことした覚えなんてないし。

だからたぶん、これはあたしの気のせい。大丈夫、なはず。でも、ひとつだけ思い当たることがあるとすれば。

先輩、あの人のこと、好きなのかな……？
　何度か見かけたんだ。よく凱斗先輩と一緒にいる、あの人。"向坂奏"って名前の、あの先輩のことを。
　美弥が調べてくれたんだけど、向坂先輩って、超美少女で有名なあの藤森亜里沙先輩の親友なんだって。
　凱斗先輩とは1年の時に同じクラスで、けっこう仲良かったらしいって。
　たしかに仲はいいんだと思う。だって凱斗先輩、その人と話してる時、いつもすごく楽しそうにしているんだ。
　向坂先輩も、凱斗先輩と一緒にいるときは、やっぱりすごく楽しそうだし嬉しそう。
　言葉ではうまく言えないけど、伝わってくる。
　ああ、あの人も、凱斗先輩のことが好きなんだって。
　凱斗先輩の方は、向坂先輩のことをどう思っているんだろう？
　特別な存在なのかな？
　前に付き合っていたあたしよりも？
　そう考えるだけで、心臓が締めつけられるように痛くて痛くてたまらなくなる。
　凱斗先輩にとって、あたしはもう過去の存在なのかな？
　もう、いらなくなっちゃったのかな？
　お父さんにとっての、死んじゃった本当のお母さんみたいに？
　……そんなの嫌だ。
　怖い。あたし、向坂先輩が怖いよ。

向坂先輩の存在が、大きな大きな影みたいに、あたしを呑み込んでしまいそう。
　悲しみと苦しみばかりだった毎日を、救ってくれた凱斗先輩。
　あたしにとって希望の糸のような存在。
　真っ黒な雨雲から落ちてくる大雨の中で、ほんのひと筋、あたしの手に触れてくれた優しい希望の糸。
　その糸を見失ったら、迷子になっちゃうよ。
　あたし、今度こそ1歩も動けなくなっちゃうよ。
　だからお願い、あたしの手から、抜け落ちてしまわないで……。
　そんな強烈な不安に押しつぶされそうな毎日を送っているあたしを見かねた美弥が、アドバイスしてくれた。
『凱斗先輩を、相合傘に誘ってみたら？』
　うちの学校に伝わっている、知らない人はいないほど有名な伝説。
　その伝説にすがったら、願いは叶うかな？
　先輩はあたしを受け入れてくれるかな？
　きっと受け入れてくれるって信じたい。
　……ううん。信じるんだ！
　だって、今のあたしにはそれしかないんだもん。
　今度、下校の時に雨が降ったら、先輩に告白しよう。
　凱斗先輩が好き。
　凱斗先輩が好き。
　凱斗先輩が好き。

この心からの想いが、どうか届きますように。
　神様、お願い。どうか凱斗先輩と、あたしの思いが通じ合いますように。
　不安で不安で、息が止まりそうに不安で怖くて仕方ないけど、頑張ってみよう。
　あたしが生きていくための、ありったけの力と勇気をぜんぶぜんぶ、ここで使ってみよう。
　そしたらきっと大丈夫。
　あたしの気持ちは、届くはずだと信じよう。
　信じる思いは伝わるんだって、信じよう。
　だからどうか、雨よ、降って。
　そしてあたしと凱斗先輩を包んで。
　あたしと凱斗先輩の相合傘の上に、優しい希望の雨よ、降って。
　そしたら、あたし本当にもう、他になにひとついらない。
　なにも望まないから。
　どうか、どうか、どうか、どうか……。

——5月17日　木曜日　雨
　今日、凱斗先輩に告白した。
　だけど『俺には好きな人がいるから、先輩と後輩でいよう』って言われた。
　さっきから、部屋のドアをノックする音が聞こえる。
『濡れたままだと風邪ひくから、タオル使って』ってお母さんの声が聞こえる。

……でも、そんなことどうでもいい。
タオルも、新しいお母さんのことも、もうどうでもいい。
凱斗先輩は、向坂先輩のことが好——…。

雨に打たれて

　日記は、とつぜんそこで終わっていた。
　それ以上は、どこにも文字が綴られていなくて、ただ罫線と、白い空欄だけがあった。
　あたしの目の前に、彼女の世界はもう、ない。
　見えるのは、宵の色に染まった川の表面が、皮膜のようにとうとうと流れていく姿だけ。
　橋の上を絶え間なく行き交う車のライトと、その排気音が聞こえるだけ。
　ああ、入江小花さんは、死んでしまったんだ。
　今ほどその事実を思い知ることはない。
　入江さんはもう、いない。
　だから彼女が、この続きを書くことは、二度とないんだ。
　あたしも凱斗も、その喪失感の大きさに、ぼうぜんと立ち尽くしている。
　そしてもう一度、願うように日記の続きを求めて、ページをめくってみた。
　……でも、やっぱりもう、入江さんの世界はどこにもなくて。
　あたしと凱斗はまた、嫌というほど思い知る。
　入江さんの自殺は、やっぱりあたしたちのせいだって。
　本当に凱斗だけが、たったひとつの彼女の生きる希望だったんだ。

だけど凱斗は、あたしのために相合傘を断ってしまった。
あたしが、入江さんから凱斗を、生きる希望を奪った。
それは、彼女の事情を知らなかったとか。
責任のあるなしだとか。
良いとか、悪いとか。
そうじゃない、これはもう、そういうことじゃない。
生きる希望を奪ったこと。
そのどうしようもない事実が、あたしと凱斗の胸に、深く刻まれてしまった。
凱斗が、周囲の空気よりも暗く沈んだ表情で、まばたきもせずにノートをじっと見つめ続けている。
今、同じことを考えているって、あたしにはわかった。
「日記、読み終わったなら返してください」
中尾さんがそう言って、こっちに手を伸ばしてくる。
あたしは黙って日記を渡し、それを受け取った彼女は大事そうに胸に抱え込んだ。
「これ、小花が死んだと知ってすぐ、あたしが小花の部屋から持ちだしたんです。……あの人たちには読ませたくなかったから」
「あの人たち？」
「小花の両親です」
それを聞いたあたしは思わず、問いかけた。
「見せなくてもいいの？」
だってそれには、入江さんの本当の気持ちが書かれている。それを読みさえすれば、ご両親は知るはずだ。

自分たちの配慮が足りなかったって。
　自分たちが信じていたことと、入江さんの本当の世界は違っていたんだって、気がつくはずだ。
　……気づいたからって、どこにも救いはないけれど。
　本当に、なんて救いのない話だと心底思う。
　人と人って、ここまですれ違うものなの？
　同じ事柄を目の前にしながら、ここまで絶望的に、見えているものや感じていることが違ってしまうものなの？
　人によって、こんなに世界は違ってしまう。
　まったく異なるそんな世界の一つひとつと、あたしたちは嫌でも関わりあわなければ、生きていけないなんて。
　なんて……恐ろしいことなんだろう。
「日記を見せてどうなるんですか？」
　ノートが折れてしまいそうなほど、ギュッと胸に抱きしめながら中尾さんはつぶやいた。
「見せたって、あの人たちが言うセリフなんか想像つくでしょう？」
"どうしてもっと早く言わなかったのか。言ってくれさえすれば——"
　そうだ。こんな場合にお決まりの言葉が返ってくるだけ。
　言えないのに。
　言えないから、こんなに苦しむのに！
　言えるはずもないものを、"なぜ言わなかった？"と問うたとして、それがどうなるというんだろう？
　怒りにも似た感情で強く握りしめた拳から、やがて、ふ

うっと力が抜けていく。
　……ああ、本当に、どうしようもないんだ。
　投げやりな"どうしようもない"じゃなく、もはやなすすべがない。
　うつむき、両目を強くつむって、絞りだすように吐いた細い息は、あてもなく宵の空気に消えていってしまう。
　目の前を流れるこの川のように、どうすることもできず、ただ悲しくて、無力なんだ。
「これでわかったでしょう？　小花が自殺したのは、本当はあたしのせいなんです」
　あたしはパッと顔を上げて、中尾さんを見た。
　なにを言ってるんだろう？
　だって入江さんが死んだのは、どう考えてもあたしと凱斗のせいなのに。
「あたしがね、小花に希望を持たせるようなことを言ったからなんです」
　うつむきがちに視線を落とす中尾さんは、学校の中庭で会ったときとは別人のようだった。
　あたしを射抜くように見ていた目から力はすっかり失せて、弱々しく、ポツポツと言葉を吐きだしている。
「嬉しかったんです。凱斗先輩と再会してから、小花がどんどん元気になっていくのが……」
　守るようにノートをゆっくりと撫でる、細い指先。
「だから、もっともっと元気になってほしくて、調子いいことばかり言っちゃったの。凱斗先輩に期待できるとか、

可能性高いとか、きっと大丈夫とか」
　川を渡る夜風が彼女の髪をふわりと乱して、唇にひと房、張りついた。
　それを払いもせずに、中尾さんは話し続ける。
「励ましているつもりだった。でも、逆だった。あたしは、そうやって小花を追いつめていた」
　そして……。
「あたしに乗せられて告白した小花は、結局死んだ。あたしがこの手で、背中を押してしまったんです」
　彼女の唇がワナワナと震え、鼻がつまったような涙声になる。
　両目に盛り上がる涙が、橋の街灯に照らされて光って見えた。
　何度も何度も洟を啜りながら、吐きだす空気が嗚咽になっていく。
「小花、どうして？　どうして？」
　震える涙声が、同じ言葉を繰り返す。
「どうして？　どうしてなの？」
　どうしてなんだろう？
　どうして、入江さんのお父さんは再婚なんかしたんだろう。
　どうして、お父さんも新しいお母さんも、入江さんの気持ちを理解できなかったんだろう。
　どうして、中尾さんは入江さんに儚い希望を持たせてしまったんだろう。

どうして、凱斗はあの雨の日に相合傘を断ってしまったんだろう。
　どうして、あたしと凱斗はお互い好きになってしまったんだろう。
　どれも、誰にも、責任なんかない。
　誰が悪いわけでも、罪を犯したわけでもない。
　どれもこれも、どうにもならなかったことばかりで、そのあげくに入江さんは死んでしまったなんて。
　これじゃ……あまりに彼女がかわいそうすぎる。
　だから中尾さんは、あたしを責めずにいられなかったんだ。自分を責めずにいられないのと、同じように。
「小花、小花。どうして小花は、死んでしまったの!?」
　叫び声と一緒に、中尾さんの頬から涙がボタボタとこぼれ落ちた。
「なんであたしに、なにも言わずに逝ってしまったの!?」
　あたしと凱斗に向かって、振り絞るような声で悲しみをぶつける。
　彼女は他には誰も、ぶつけられる相手がいないから。
　入江さんが自殺したって、学校中のほとんどの人たちが"他人事"だった。
　たぶんいじめが原因だろうとか、適当に噂して。
　テレビにインタビューされたことを、自慢すらして。
　自分とはまるで関わりのない世界だと信じている人たちばかりに囲まれて、ずっとひとりぼっちだったから。
　それでも中尾さんだけは、知っていたんだ。

彼女の世界は入江小花という世界と、たしかに関わりあっていた。

お互いの大切な時間を共有して、まるで糸と糸が重なりあうように、心を通わせあう存在だった。

……なのに、最後の最後の最後に、一方的に糸は切れてしまった。

心を通わせ合っていたはずの大切な親友が、その命を絶つ瞬間、自分になんの救いも求めてくれなかったんだ。

それは決して、入江さんが中尾さんを親友として認めていなかったわけじゃなくて、ただ言えなかったんだろう。

だって人は、苦しみや絶望が大きければ大きいほど、それを口に出すことができなくなってしまうから。

でも中尾さんは、自分にだけは言ってほしかったはずだ。

たったひと言、「助けて」と。

そしたら入江さんを救うために、どんなことでもできたのに。

なのに入江さんは、一番大事な時に、一番大事な言葉を告げることなく中尾さんの前から消えてしまった。

忽然と文字の綴られなくなった日記のように。

「うわぁぁー!!」

中尾さんのほとばしる声と、涙。

身をよじるようにして叫んで、必死に求める答え。

なぜ、かけがえのないあの友は、自分を置いて命を絶ったのか？

その問いに答えるべき人は、もう、いない。

だから救いは、誰にも与えてもらえない。

これからずっと、親友の死は自分のせいだと責め続けて、置き去りにされてしまった喪失感に嘆(なげ)き悲しむほかない。

永遠に手放されてしまった、空虚な自分の手のひらを見つめながら。

「小花ぁー！」

川へ向かって、身を折るように、もういない人の名を泣き叫ぶ。

「小花ぁ！　小花ぁ！　小花ぁー！」

喉をつん裂くような悲しい声は、虚しく川の流れに消えていく。

街灯が黒い水面を照らし、まるで鏡のように光らせても、そこにはなにも映さない。

彼女が求める声は低い水音に呑み込まれ、その水音すら慌ただしく行き交う車の音にかき消されていく。

「う、あぁ！　うああぁー!!」

中尾さんはしゃがみ込み、肩を大きく震わせて泣きじゃくる。

あまりに激しく泣きすぎて、何度もえずいていた。

そのたびに彼女は、日記を放すまいと胸にしっかり抱え込む。

あたしは思わず駆け寄って、せめて慰めようと肩に手を伸ばしたけれど……できなかった。

慰める？

いったいどうやって彼女を慰められるというんだろう？

バカみたいに突っ立ったまま、唇を結んで彼女をじっと見守り続けるしかなかった。
「辛い、よな」
　そのとき凱斗がポツリとつぶやいて、中尾さんの肩にそっと手を置いた。
「俺もさんざん自分を責めた。でも……」
　それ以上、凱斗はなにも言えなくなって口を閉じた。
　だって、なんて言えばいいの？
　お前に責任はない？　そんなに自分を責めなくていい？
　そんなこと、言えるわけない。その言葉はそのまま、あたしたちに跳ね返ってくる。
　あたしたちが自分自身に、"入江さんの死はあたしたちの責任じゃない"とか、"あたしたちは自分を責めなくていい"って言ってるのと同じだ。
　そうじゃないことを思い知っているのに、言えるわけがない。
　それでも凱斗は、降りかかる絶望に抗うように、中尾さんの肩に置いた手を動かさなかった。
　どうにかして彼女を救おうと、自分にできる精いっぱいのことをしている。
　たとえそれが、些細なことであっても。
　それが絶望の淵から這い上がるための、ひとつの手段であると信じて。
　泣き続けるだけの中尾さんを、少しでも救いたいと心から願って。

「もう……行って」
　やがて……ようやく泣き声も鎮まった中尾さんが、呆けたようにポツンと言った。
「もう、行って。行って。お願い、ひとりにして」
　しゃがみ込んだまま背中を丸めて、川を見ながら中尾さんは繰り返す。
　魂が抜けたような寂しいその声に、逆らうことはできなかった。
　あたしと凱斗は無言で彼女に背を向けて、ゆっくりと川原を歩きだした。
　斜面を上り、橋を渡りながら、川べりの彼女を見下ろして歩く。
　闇に溶け込むような姿が少しずつ遠ざかり、そして、完全に見えなくなった。
　すっぽりと濃紺に包まれた物寂しい夜の世界を、言葉もなくあたしたちは進んでいく。
　住宅街に入ってしまえば、車通りもなく、ほとんど人影もない。そんな、昼とはまったく違った無機質な静けさに心細さを感じる。
　それでも道なりの家々の窓灯りや、点々と立つ電信柱の小さな灯りが、ほうっと闇を照らしてくれている。
　あたしはその灯りに助けられるように、前を歩く凱斗の背中を見つめた。
　どんな表情をしているのか、わかるようでやっぱりわからないのが寂しかった。

1歩1歩、歩くごとに寂しさが胸に募っていく。
　ポツ、ポツ……。
　頬と肩に、続けてしずくが当たるのを感じた。
　あたしは空を見上げた。
　……雨だ。
　弱々しい夜の雨は、昼の銀色の雨と違って、闇にまぎれてほとんど見えない。
　あの日。凱斗と相合傘で帰った、あの日。
　あたしにとって、雨は世界のすべてを洗うように美しく、喜びや、願いや、夢や、祈りに満ちていた。
　でも入江さんにとっては違ったんだ。
　あたしを最高に幸せにしてくれた、まさにあの瞬間の雨こそが、入江さんの胸を引き裂く絶望の雨だった。
　凱斗が立ち止まり、手に持っていた傘を開いて、後ろのあたしを振り返る。
　傘をさす凱斗と、雨に濡れるあたしは無言で見つめあった。
『入れよ。家まで送るから』
　あの時、凱斗が言ってくれた言葉を思い出したら、泣きたくなるほど胸が切なくなった。
　もう一度あの言葉を言ってほしいと、心の底から思う。
　ねえ、あたしたち、すごく幸せだったね。
　傘の下で交わす言葉の一つひとつや、歩くたびに靴先から跳ねる水滴や、少しだけ触れ合う肩と肩が、キラキラしてくすぐったくて、最高に嬉しかった。

あたしと凱斗以外、他には世界なんて、ひとつもなかったね。

　それだけで笑顔になれて、それだけが、純粋に幸せだったね。

　でも今……あたしたちに笑顔はない。

　あたしと凱斗の間には、"入江小花"という悲しい世界が横たわっているから。

「ねえ凱斗、雨、降っちゃったね」

「…………」

「降水確率、たった20％だったのに、降っちゃったね」

　あたしは、泣き笑いみたいな顔で言った。

　降るはずもないと信じていた雨。

　本当に、夢にも思っていなかったの。

　まさかあたしたちの幸せと喜びが、必死に救いを求める入江さんの希望を砕いてしまうなんて。

「向坂」

　凱斗が、とっさに身を乗りだすようにして口走った。

「俺はそれでもお前のことが……」

　それ以上を言えずに、凱斗は言葉につまってしまう。

　それでもなんとか勇気を振り絞るように、あたしに向かってぐっと傘をさしかけた。

　そのひたむきな、一途な表情を見て、心から思う。

　この傘に入りたい。この手を取りたいって。

　だけど、入江さんの世界が終ってしまったのは、あたしたちのせいなの。

この先ずっと雨が降るたびに、あたしたちは、それを嫌というほど思い知るよ。
　あたしと一緒にいたら、凱斗は永遠に救われない。
　凱斗のことが本当に本当に大好きだから、凱斗の幸せを犠牲(ぎせい)になんて、できないんだ。
　すべてを忘れたふりをして結ばれたとしても、いつかきっと、泣きながら暗い雨に打たれた入江さんを思い出す日が来るんだろう。
　川べりでひとりぼっちで背中を丸めて、雨に打たれて泣いていた中尾さんを思い出してしまうだろう。
　なのに、あたしだけが……。
「あたしだけが、凱斗の傘の中で、笑顔でいるわけにはいかない……」
　言い終わらないうちに涙が溢れた。
　目の奥が熱くなって、凱斗の姿が、雨に濡れたガラス越しのように歪んで見える。
　まばたきをしたほんの一瞬だけクリアになっても、また次の瞬間、凱斗の姿は霞んでしまう。
　凱斗……見えないよ。
　いつだって、どんな時だって凱斗は鮮やかだったのに。
　今はもう、窓ガラスの向こうの景色のように遠くに思えてしまう。
　頬を濡らす冷たい雨を、熱い涙が巻き添えにして、つーっと口の中に入り込む。
　言葉にできない切なさと苦しみの味を噛みしめながら、

かすれる声であたしは言った。
「あたしたち、友達でいよう」
「…………！」
　凱斗の両目が見開かれる。
　まるで、苦い塊を無理やり喉の奥に押し込まれたような表情だった。
　凱斗は大きく胸を上下させて息を乱し、必死な目をして訴える。
「俺はお前が好きだ」
　冷たい雨が降る中で、凱斗の言葉に熱がこもった。
「俺はお前を諦めたくない。お前と一緒なら、どんなに苦しくても耐えられる」
　体の底から振り絞るようなその言葉に、あたしは、ゆっくりと首を横に振った。
　涙が頬を伝ってぽろぽろこぼれ落ちる。
　無理なんだよ、凱斗。
　苦しみに耐えるあなたの姿に、あたしが耐えられない。
　そしてきっと凱斗も、苦しむあたしの姿に耐えられなくなる。
　ねえ、わかるでしょ？
　好きだよ、凱斗。
　こんなにこんなに、こんなに好きなんだよ。
　だからこそ……。
「友達で、いよう」
　もう一度、涙声でそう告げると、凱斗は言葉を失った。

そして不意打ちで食らった痛みに耐えるように眉を寄せ、ギュウッと唇を噛む。
　拳を強く握りしめ、思い切り両目をつむって、肩を震わせていた。
　しばらくして、覚悟を決めたように凱斗は大きく息を吸い、長くゆっくりと吐きだす。
　そして小さな声でたったひと言、「わかった……」と告げた。
　凱斗はしっかりと傘を握り直して、足早にあたしの横を通り過ぎる。
　すれ違う瞬間の、青い傘の下の諦めた表情があたしの目と心に焼きついた。
　遠ざかっていく凱斗の足音を聞くのは、これで何度目だろう。
　そんなことをボンヤリと思いながら、身じろぎもせずにその場に立ち尽くす。
　指の先に落ちた雨粒が、爪を伝って地面に落ちた。
　悲しみも、苦しみも、そうして体からぜんぶ抜け落ちてしまえばいいのに……。
　完全に足音が消え去って、ポツン、ポツンと降る雨音以外なんの音も聞こえなくなって、孤独と静寂が訪れた。
　ひとりになったあたしは天を仰いで両目を見開き、暗い空を見つめる。
　ああ、きっと入江さんが泣いているんだな……。
　責めるように頬を打つ雨に、なんの根拠もなくそう感じ

た。
　夜の空、夜の空気、夜の雨。
　息を殺したように静まり返った別世界に呑み込まれて、ひとりぼっちで、あたしも泣いた。
　誰にも邪魔されずに泣けることだけが、救いだった。
　ギリギリと引き千切られるように胸が痛んで、破裂しそうな熱い塊が込み上げて喉を膨らす。
　上を向く唇から、悲しみが噴き出すように溢れでた。
「う……あぁ……あぁー……」
　息が苦しい。胸がつぶれそう。目と鼻が灼けそうに痛くて、我慢できない。
　どれほど泣いても泣いても次々と涙は流れ、嗚咽は止まらない。
「凱斗、凱斗、凱斗ぉ……」
　しゃくり上げる声に、好きな人の名前が混じる。
　届かない想いと声は、闇と雨に包まれて地に落ちた。
　それでも恋しくて、恋しくて、恋しくて、たまらない気持ちが喉を突き破るように溢れて溢れて……。
　涙も想いも、どうしても止まらない。
「好きだよぉ……凱斗、好きだよぉ……」
　そうやって声に出すたび、鋭い爪に掻きむしられるような強い痛みと切なさが募る。
　それでも、言わずにいられない。声に出さずにいられないの。
　だからせめて、今だけは言わせて。

誰にも届かないと知っているからこそ、お願いだから本当の気持ちを言わせて。
「あたし、凱斗が好きだよ。友達なんて、ほんとは、友達だなんて……」
　切ない痛みに耐えかねて、震える声も、ついに止まった。
　後はもう、その場から1歩も動くことすらできず、あたしは、夜の闇に包まれて泣き続けることしかできなかった。

友達、だから

　入江さんの日記を読んだ日から、3日目。
　あたしと凱斗はあれからお互いに、表面上は何事もなかったように振る舞っていた。
　もちろん、まだ心の整理なんてぜんぜんついてない。
　たった3日で凱斗への想いが消滅するはずもないし、この恋が叶わない悲しさが癒えるはずもない。
　でも、どうしようもないんだってことだけは、理解しているから。
　とにかく友達同士としての自然な関係だけは、なんとか続けていきたいんだ。
　顔を合わせたら普通に挨拶して、おすすめミステリー小説の感想とか、話題のネコ動画の話とかして、一生懸命に頑張って自然に振る舞っている。
　……一生懸命頑張ってる時点で、すでに自然な会話から逸脱しているような気もするけど。

　今日は登校して朝一番に、凱斗と一緒に廊下の隅っこに亜里沙を引っ張りだして、事情を打ち明けた。
　ずいぶん心配をかけた亜里沙にも、あたしたちが出した答えを知っていてもらいたかったから。
「バッカじゃないの!?」
　開口一番、亜里沙にズバッと言い捨てられたあたしは、

返す言葉もなかった。
　あたしの隣では凱斗が、亜里沙のキツイ口調にやれやれって顔をして小さく首を振っている。
　報告が今日になってしまったのは、あの翌日から珍しく亜里沙が学校を休んでしまったからだ。
　風邪で熱が出て数日休むって連絡を受けた時は、本当にびっくりした。
　見た目と中身のギャップの激しい亜里沙は、実際は超人的にたくましい。
　なにしろ、いくらスピードを落としていたとはいえ、車に轢かれて救急車で運ばれても、軽傷で済んだくらいなのだから……。
　その亜里沙を寝込ませるなんて、どれほど恐ろしいウイルスなのかと戦慄したのだった。
　うつすといけないから見舞いに来るなと言われて、様子を見にいけなかったから、心配していたのだけど――。
「バカだよね？　あんたらバカでしょ。自分たちはバカって自覚してる？　してないなら教えてあげる。あんたら、バカよ！」
「藤森……、お前、すっかり元通り回復したみたいでよかったな」
　半分あきれたように溜め息まじりで言う凱斗に、即座に亜里沙は叫び返す。
「ちっともよくないっつーの！」
　眉を吊り上げた亜里沙は廊下の窓辺に寄りかかり、腕組

みしながら斜に構えてこっちを睨んでる。
　このポーズは、かなり本気でイライラしている時のポーズ。爆発寸前の危険な兆候だ。
　その証拠に、朝のホームルーム前の賑わう廊下で、亜里沙は大勢の人目も気にせず声を荒らげている。
「亜里沙、ちょっと声が大っきいよ」
「大きくもなるってば。友達でいよう？　ねえ、なんでそんな大バカな結論に達したわけ？」
　周りの目を気にするあたしの様子なんか無視して、亜里沙はピシャッと言い放つ。
　ほんと、元通り元気になって安心したよ亜里沙……。
「だって、それ以外にないじゃない」
「そこに到達する思考が理解できない。話を聞いた限りじゃ、ますますふたりに責任はないじゃん」
　それは、責任のあるなしだけで言えば、そうなるのかもしれない。
「でも、それだけでは割り切れないんだよ」
「すっぱり割り切りゃいいじゃないの。端数のひとつも出さないくらい小気味よくさぁ」
「……そんなの無理だって」
「なんでよ？　だって引き金引いたのは、あんたたちじゃないんだよ？」
　まるで叱り飛ばすような口調で、亜里沙は言葉を続けた。
「あえて原因を挙げるとするなら、それははてしなく無理解な両親の存在と、不幸な事故じゃん？」

「……そんな単純じゃないよ」
「単純なの！　それをあんたらが無理に複雑化してるだけなの！」
　亜里沙はさも腹立たしそうに、指先で自分の二の腕をトントン叩いている。
　そして凱斗に向かって、容赦なく不満をぶつけた。
「こんな結末を期待して、あんたを奏の家に行かせたわけじゃないんだよ？　ほんっと究極のダメ男だね」
「……悪かったな。ダメ男で」
「とにかく、入江さんは気の毒だとは思うけど、その責任をふたりが被ることはないんだよ」
　腕組みを解き、腰に手を当て、胸を反らして亜里沙は断言する。
「好きあってる者同士が付き合うのは、自然の摂理なの」
「……本能だけに従ってられないよ。あたしたち動物じゃないんだから」
　ジャングルの野生動物だったら、もっと単純に生きていけるのかもしれないけど、人間界はもっと複雑なんだ。
「あのね亜里沙、人間の生きる道っていうのは別の意味で動物よりも過酷なんだよ」
「ふーん、で、逃げるんだ？」
「…………」
「本当は欲しいものがあるのに、手に入れるのは大変そうだし面倒だから、やっぱりいいやってことでしょ？」
　……ちょっと、ムッとした。

あたしたちの複雑な思いを、そんな風に判断されて、単純に言い切られてしまうのにはさすがに抵抗がある。
「そういうんじゃないよ！」
「なら、誰に邪魔されてるわけでもないのに、付き合わない理由ってなによ？」
「それは、だから説明したじゃん」
「それって負い目？　引け目？　罪悪感？　後ろめたさ？」
　挑戦的にポンポン言葉を並べられて、あたしはぐっとつまった。
　まったくその通りなんだけど、こうして正面切って言われてしまうと、なんだかあたしたちの決意が妙に薄っぺらで、身も蓋もないように感じてしまうのはなぜだろう。
　それが悔しくて、あたしはムキになって言い返した。
「だってさ、死ぬほど人を傷つけておいて、知ったこっちゃありません、こっちは勝手に幸せになりますってわけには、いかないんだよ」
「だから、あんたたちの責任じゃないって何度言わせんのよ？」
「"責任"はなくても、あたしたちの"せい"なんだもん！　原因のひとつになったのは間違いないんだから！」
「あんたたちのせいじゃない。入江さんが死んだのはね、入江さん自身のせいだよ」
「……!?」
　思考が一瞬、停止してしまった。
　目を見開いたままポカンと亜里沙を見つめるあたしの代

わりに、凱斗が口を開いた。
「……それは入江のお母さんの、流産の事故のことか？」
「違う。いい？ 命ってのはね、病死や犯罪や一部の事故死以外は、本人の責任なの。生きるも死ぬも本人次第」
　色素の薄い亜里沙の真っ直ぐな髪が、窓から射し込む柔らかな朝日に照らされて艶やかにきらめいた。
　そんな美しさに不似合いな、恐ろしく厳しい目つきで、亜里沙は言葉を続ける。
「入江さんは自分の責任において、死を選んだの。それについては誰も責任を負えないし、誰を責めるべきでも、責められるべきでもないの」
「そ……！」
　やっと出てきた声が喉に引っかかって、裏返ってしまってた。
　胸に手を当ててケホケホと何度も咳き込んで、どうにか息を整えて反論する。
「そんなの変だよ！」
「変じゃない。真っ当な理屈でしょ？」
「亜里沙はあの日記を読んでいないから、そんなこと言えるんだよ！　あの日記を読めば冗談でもそんなこと言えない！」
「――おい向坂、声、少し抑えろ」
　凱斗が周囲にチラチラと目を配りながら、声を潜めて注意したけど、あたしはそれどころじゃなかった。
　あれほど悩んで悩んで苦しんで、あげく死んでしまった

入江さん。
　あの悲しみと不幸を、"自己責任"のたったひと言で片付けようとするなんて。そんなの納得できない！　絶対、できるわけない！
「そんな冷たいこと言うなんて、亜里沙、ひどいよ！」
「その同情ってさ、なに？　なんなの？　本心？　それとも偽善？」
「……え？」
　夢中になって訴えていたあたしは、意味のわからないことを言われて声を引っ込めてしまった。
　偽善？　それ、なんのこと？
　キョトンとしているあたしを、きれいな琥珀色の瞳が真っ直ぐ見つめている。
「自殺までしちゃった不幸な女の子を思いやって、自分の幸せを犠牲にして耐え忍ぶあたしこそが悲劇のヒロイン、ナンバーワン」
「…………！」
「そんな風に自分に酔ってるんじゃないの？」
　声が……出なかった。
　あんまりのことに息もできない。頭の中は一面真っ白の大雪原。
　目と口を開けたまんまの状態で凝固しているあたしの姿は、さぞかし間抜けに見えると思う。
　でもそんなこと気にする余裕もなかった。
　こんなひどいことを、あたしから目も逸らさずに言う亜

里沙が信じられない。
　……なんで？　なんで？　なんでよ、亜里沙？
　さっきからなんで、そんなひどいことばっかり言うの!?
　だけど亜里沙は平然とした表情で髪を掻き上げながら、トドメのひと言を言い放った。
「なんの得にもならない偽善と自己陶酔(じことうすい)で好きな人を諦めるなんて、マジでバカの極みね。寝ぼけてないでさっさと目を覚ましなさいよ」
「よ、よく言えるねそんなこと！」
　そのひと言で一気に頭に血が昇り、硬直が解けたあたしは亜里沙につめ寄った。
　胸と胸がぶつかるほど接近するあたしの腕を、とっさに凱斗が「おい！」ってつかんで引っ張る。
　凱斗、邪魔！　この手、放して！
「亜里沙にはわかんないんだよ！　傷ついた人の気持ちが！」
　我を忘れて叫ぶあたしとは対照的に、亜里沙は冷静だった。
　いや冷静っていうより、冷徹(れいてつ)っていうのが相応(ふさわ)しいくらい表情の変わらない亜里沙を見てると、腹が立ってたまらない。
　怒りの勢いに任せて、あたしは遠慮なく怒鳴り散らした。
「なんせ亜里沙はパーフェクトなスーパー美少女お嬢様だもんね！　傷ついたことなんか、ないんでしょ!?　ナンバーワンはそっちじゃない！」

亜里沙の目尻がビクリと歪んで、一気に吊り上がる。
　自分の容姿を騒がれるのがなにより嫌いな亜里沙に、"美少女"は禁句だった。
　だから普段は、あたしも絶対本人の前ではそんなこと口にしないけれど、こうなったら知ったこっちゃない！
　まるで不倶戴天の敵同士みたいに、至近距離で睨みあうあたしたちの真横で、凱斗が必死に事態を収拾しようとしている。
「なぁ、お前ら落ち着けって！」
「亜里沙は色白だし、背も高いし、頭もよくて、目が大きくて、おまけに胸までこんな大きくて、幸せだね！　ああ羨ましい！」
　でも普通の人間はね、悲しいことがおきれば悲しむし、大変なことがあれば悩むし、苦しかったら、凹むんだよ！
　そして耐え切れないことが起きたら……、耐え切れなくなるんだよ！　当たり前じゃん？
　でも亜里沙には、そんな当たり前のことが理解できないんでしょうね！　なんせ強くてかっこよくて、誰もが振り返る美少女だもん！
　完璧な人間には普通の人間のくだらない悩みなんか、ひとっつも理解できないんでしょうよ！
「そんな亜里沙に相談したあたしが、亜里沙の言う通り、たしかにバカの極みでした！」
「だったらもう二度とあたしに、こんなくっだらない話聞かせないで！」

声を張り上げ合うあたしたちは、もはや完全に注目の的だった。

　それまで騒々しかった廊下は水を打ったようにシーンと静まり返り、みんな物珍しそうな目でこっちを見ている。

　凱斗は、もう完全に諦め顔で、ガックリと肩を落としていた。

　あたしと亜里沙は般若のお面みたいな表情でしばらく睨みあい、同時にバッと顔を背ける。

　そして競いあうように肩をぶつけながら教室に戻って、それぞれの席に着いた。

　ガタン！とわざとらしく大きな音を立てて座る亜里沙にムカッときて、こっちはもっと大きな音を立ててイスを引いてみせる。

　体中から怒りを轟々と発散させているあたしたちを、クラスメイトたちが困惑した表情で遠巻きに眺めていた。

　あたしは"誰も話しかけないで！"ってオーラを撒き散らしながら、腹わたが煮えくり返りそうな怒りを必死に抑え込む。

　もう知らない！　亜里沙なんか知るもんか！　絶交だ！　向こうから謝ってくるまで……ううん、謝ってきたって絶対に許さない！

　それからすぐに朝のホームルームが始まって、最高に不機嫌な1日がスタートした。

　授業中ずっと、亜里沙の姿が視界に入らないように目を

逸らして、険しい顔で窓の外ばかりを眺めているうちに飛ぶように時間が過ぎていく。

　もちろん授業の内容なんか、ひとつも頭に入っていない。

　あぁ、すごく嫌な気分。灰色の雲を抱えたみたいに体がズシッと重たくなる。

　──なんでこうなっちゃったんだろう。

　こんな風に言い争うために、事情を説明したんじゃないのに。

　たぶんあたしの気持ちをわかってもらえると思い込んでいたから、余計にショックが大きかったんだ。

　亜里沙からの励ましの言葉を期待して、頼りにしていた。

　それなのに、思った通りの反応が返ってこなくって、裏切られたような気持ちになっちゃったんだ……。

　人間、激しい怒りの感情は、そうそう長続きはしないもので、時間が経つにつれて徐々に頭が冷えていく。怒り以外の感情も生まれてきた。

　そして昼休みになり、自分の席に座ってお弁当を食べる頃には、あたしはハッキリ気持ちを自覚していた。

　……あたし、落ち込んでる。亜里沙とケンカしたこと、もう後悔してる。

　亜里沙だって、なんの考えもなしにあんなこと言ったわけじゃないんだろうな。

　クラスメイトたちはわいわいガヤガヤと、仲良しの友だち同士、机をくっつけ合ってお弁当を食べている。

　そんな楽しそうな空気の中で、ひとりポツンと席に座っ

てお弁当を突っつくのは、正直かなりキツかった。

　こっそり亜里沙の様子を窺うと、亜里沙もひとりで席に座ってお弁当を食べている。

　でもその表情はあたしと違って、なんだかまったく平気そうに見えた。

　その顔を見たら、どうにも素直になれなくて、お昼休みの時間もずっと亜里沙を無視し続けてしまった。

　亜里沙の方から、こっちに来る気配もない。お弁当を食べ終えるが早いか、さっさと教室からひとりで出ていってしまったし。

　……どこに行ったのかな？

　そういえば授業の合間の休み時間にも、どこかに行ってたみたいだけど。

　ひとりでなにしてるんだろう？

　いつも休み時間は一緒だから、こんな風にひとりで過ごすことがなくて、時間を持て余してしまう。

　本でも持ってくればよかったな。

　まさか亜里沙とケンカするなんて、本当に、夢にも思ってなかったことばかりが起きるんだ。

　亜里沙のことだけじゃない。入江さんのことも、凱斗のことも。

　人と関わりあって、未来の予測がつかないってことなのかもしれない。

　自分ひとりでも明日なにが起こるか予測不能なのに、これに、"他人"って要素が加わったらもう、完全に五里霧

中(ちゅう)。

　なんだか、それってすごく大変なことだと思う。

　足元すら見えない濃霧(のうむ)に包まれた世界では自分のことだけで手いっぱいだ。なのに、自分以外のことにも神経すり減らしながら、手探りで進まなきゃいけないんだもの。

　もしも道を外れていたって気がつかないよ。

　知らずにそのままずっと進んでいって、その先に……崖があったら？

　怖い。すごく怖い。

　現実に入江さんは、崖に向かって真っ直ぐ突き進んでしまった。

　この世界で、人と関わりあいながら生きていくってことは、想像以上に覚悟のいることだったんだ。

　もしもひとりで生きられるなら、傷つくことも傷つけられることも少ないし、危険も軽減するし、得な生き方なのかも。だけど……。

　あたしは席に座ったまま、ぐるっと教室の中を見回した。

　いつも通りの教室の中に、いつも通りの制服の群れと、いつも通りの机とイスと、いつも通りの窓の外の景色。

　なのにこんなによそよそしくて、すごく孤独に感じるのは、きっと亜里沙がいないから。

　あたしの隣に、いつもいるはずの亜里沙がいないからだ。

　それだけで空気が薄く感じられて、こんなに息苦しい。

　教室に溢れる楽しそうな話し声や笑い声も、すっかり色褪(あ)せて味気なく聞こえてしまう。

こうしてひとりでいる方が、気楽なはずなのに……。
　午後の授業を終えて清掃の時間になり、あたしは持ち場である水飲み場の掃除を始めた。
　同じ清掃グループの亜里沙が、すぐ後ろで黙々と掃除を進めている。
　この微妙な距離感が、気まずい。非常に気まずい。
　体はそっぽを向いているのに、あたしの神経は完全に亜里沙に集中してしまっていた。
　そのチグハグ感にたまらなくイライラして、「ああ、もう！」って叫んでしまいたくなる。
　こんな精神状態を続けるくらいなら、いっそ話しかけちゃおうかな？
　でもこっちから声をかけるのも癪だし、そもそも、なんて言うの？
　ケンカした後で最初に交わす常套句といえば、『ごめんね』だけど。なんかそれだと、あたしだけが悪いって認めちゃうような気がする。
　それって、どこか違う気がするし。
　心の中でブツブツ文句を言っていたら、リーダーの間宮君からそっと声をかけられた。
「おい、向坂」
「なに？」
「お前ら、なにトラブってんだ？」
　眼鏡の奥の、いかにも優等生っぽい理知的な目が亜里沙を見ている。

あたしはつっけんどんに答えた。
「別に。間宮君に関係ないじゃん」
「今朝からずっと、お前らのせいでクラスの空気悪いんだよ。周りの迷惑考えろ」
「なんであたしに言うの？　亜里沙に言えばいいじゃん」
　好きなんでしょ？　って言葉を呑み込むあたしに、間宮君は真面目な顔して言う。
「嫌だ。だってあいつ絶対、人の言うこと聞かねえもん」
「……よく知ってるね」
「こっちがひとつの正論で攻めると、あいつは百の変化球返してくるんだよ。断然お前の方が話が通じる」
「…………」
「ほんとはわかってんだろ？　さっさとお前から謝った方が楽だぞ？」
　あたしは思わず溜め息をついてしまった。
　ほんと亜里沙のこと、よくわかってるんだね間宮君。
　しかもさりげなーくあたしをおだてて、こっちから謝罪するように仕向けるなんて。
　さすがリーダー。頭が回るし、人あしらいもうまい。
　なかなか亜里沙とお似合いな気がする。
「あたし、ゴミ捨ててくる」
　謝るとも、謝らないとも答えずに、あたしはゴミ箱を持って水飲み場を離れた。
　亜里沙との気まずい空気から逃れられて、ホッと息をつく。首をぐるりと回して肩をコキコキ鳴らしながら、階段

を降りて生徒玄関へ向かった。
　玄関を出てすぐ横の、物置のような建物の奥に大きなポリバケツが何個も置いてある。
　その中のひとつに狙いすましてゴミを放り投げようと身構えたら、ヒョイっと横から伸びてきた手にゴミ箱を取り上げられた。
　えっ？と横を見上げたあたしの心臓が、ドキンと鳴る。
「凱斗！」
「よっ」
　凱斗があたしの分のゴミをポーンと捨てて、空になったゴミ箱を笑顔で手渡してくれる。
　あたしはドキドキしながら受け取った。
「あ、ありがと」
「なんだよ、いつもは藤森と一緒に来るだろ？　お前らまだケンカしてんのか？　早く仲直りしろよ」
「うっ……」
　あたしはモゴモゴと口籠ってしまった。
　いつまでもこだわっている自分は子どもじみてて、みっともないような気もするけど、なんだか、立て続けに仲直りを催促されると、それはそれで反発したくなるような。
「だってあたし、悪くない。悪くないのに謝るなんて嫌だし、そんなの間違ってるもん」
　こんなこと言ったら、"ガキみたいなこと言うな"って諭されるのはわかってるけど、つい心の中の不満が口から出てしまった。

そしたら意外な言葉が返ってきた。
「そうだな。お前は悪くない。悪いのは藤森だ」
「え?」
「お前は悪くないんだから、謝るのは藤森の方だと俺も思う」

見上げる凱斗の顔はひどく真面目で、なんだか一緒に怒ってくれているように見える。

凱斗はあたしの味方してくれるんだ……。

そう思ったら、梱包材のプチプチが弾けた時みたいな小さな快感が湧き上がった。
「悪いのは亜里沙の方だよね!?」
「ああ。あの言い方はないよな。前から思ってたけど、あいつは口が悪すぎるんだよ」
「うん。あたしもそれは思ってた」

亜里沙は、ちょっと人の気持ちを考えなさすぎる。

正直なのはもちろん美徳だけど、それも程度の問題だよ。

薬もすぎれば毒になるんだよ。
「今回はどう考えても、亜里沙が一方的に悪いよね?」
「っていうか、毎回だろ? 俺、正直言うとさ、前から藤森には本気でムカついてた。あいつ性格に問題ありすぎんだよ」

凱斗に味方してもらって勢い込んでいたあたしは、予想以上の反応にちょっとびっくりしてしまった。

凱斗、そんなに亜里沙のこと嫌ってたのか……。

たしかに亜里沙のこれまでの言動を考えれば、それも無

理ないかもしれないけど。
「あいつ、自分が美人だと思って調子乗ってねえ？　ああいうの、人から一番嫌われるタイプだよな」
　これまでのうっぷんを晴らすみたいに、凱斗の不平不満は止まらない。
　眉間に皺を寄せた嫌悪感丸出しの顔で、ここぞとばかりに次々と亜里沙の悪口を言い募る。
「相手の苦しみが理解できない時点で、もう人間的にアウトだろ？　他人なんかどうでもいいってあの人格、俺マジ信じらんねえ」
「…………」
「お前は気が優しいから、無理して藤森と付き合ってんだろ？　あの性格じゃ、誰も友達になってくれないもんな。考えてみりゃかわいそうなヤツだよな」
　小馬鹿にするようにクスッと笑って、凱斗は吐き捨てた。
「あんな爬虫類みたいな冷血女、ほっとけ。もうあんな性悪女とは無理に付き合うなよ。お前まで性悪に汚染されたら損するだけだぞ？」
「……ちょっと待って。なにそれ？」
　ずっと黙って聞いてたあたしは、思わず口を挟んでしまった。
「あたしが誰と友達だろうと、あたしの自由じゃん！」
　さっきからお腹の辺りがだいぶモヤモヤしてたけど、さすがに今の言いぐさは、頭にきた。
　こめかみの血管が、軽くプツッとキレる音が聞こえた気

がする。
「しかもなんなの？　凱斗のその断定的な言い方。そんな決めつけられるほど、亜里沙のこと知ってるの？」
　反論すればするほど、お腹のモヤモヤがどんどん熱くなって、眉間に皺が盛り上がる。
　口から言葉がポンポンと、ポップコーンみたいに無意識に飛び出してくる。
「亜里沙は自分が美人だからって、調子に乗ったことは1度もないよ。だって自分の容姿を嫌がってるんだから」
　今朝はそれを知ってるあたしがわざと指摘したから、逆鱗に触れたんだ。
「だいたい人間的にアウトって、なにそれ？　人から嫌われるとか、誰も友達いないとか、いくらなんでもそこまで言う？　じゃあ、1年生の時からずっと親友のあたしはなんなの？」
　亜里沙が人の苦しみを理解できないとか、他人なんかどうでもいいとか、そんなわけないでしょ？
「忘れたの？　亜里沙はあたしのために、凱斗にケンカ売ってくれたじゃん」
　雨の中、傘もささずに凱斗に食ってかかってくれたじゃん。
　あたしを責める中尾さんから、あたしをかばってくれたじゃん。
　泣いてるあたしの背中を、ずっとずっと、さすっててくれたじゃん！

「奏にはあたしがついてるって、励ましてくれた！　亜里沙が性悪女だったら、そんなことするわけないでしょ!?」
　亜里沙はすごく優しいんだよ！
　わかりにくい性格だから誤解を受けることも多いけど、亜里沙は本当に優しい！
　キツイことばかり言うけど、それだって亜里沙の思いやりだ！
　適当に口当たりのいいことを言ってごまかそうとか、自分をいい人に見せようなんて打算はこれっぽっちも持ってない！
　いつも本音で、真っ直ぐで、真っ白で、絶対に嘘をつかない！
　亜里沙の言葉は、どんな時でも、信じられるんだ！
「だから今朝のことだって、亜里沙はあたしのためを真剣に考えて、本気で言ってくれたんだよ！」
　そうに決まってるじゃん！　だってあたしたち親友同士なんだから！
「いくら凱斗でも、亜里沙を爬虫類呼ばわりしたら許さないからね！　だって亜里沙はあたしの大事な友達なんだから！」
「…………」
「なに!?　なんか言いたいことでもあるの!?」
「いや、なにもない」
　凱斗はふるふると首を横に振った。
「言いたいことは、今お前がぜんぶ言った」

「……へ？」

 あたしはパチパチまばたきをして、沈黙した。

 ニコニコしている凱斗の顔を見てるうちに、自分の顔にカーッと血が集まるのを感じて、うつむいてしまう。

 凱斗の思惑が今になってようやく理解できて、自分がすごくすごくすごく恥ずかしい。

 うう、か、凱斗ってば……。

 こんなの反則だよ。ズルイよ……。

「お前、藤森と仲直りしたいか？」

「…………」

「したいのか？」

 穏やかな声でそう聞かれて、あたしは素直にコクンとうなずいた。

「よし。じゃ、仲直りしにいくか」

 うつむいた頭の上に、ポンッと手のひらが乗っかる感触がして、その大きさと温かさにますます顔が赤くなる。

 あたしはドキドキしながら上目遣いで凱斗を見上げた。

「一緒に行ってくれるの？」

「ああ。今回のお前らのケンカは俺にも責任あるしな」

 毬つきみたいに軽やかにポンポンと頭を撫でられ、胸がキュンと切なくなる。

 いつも通りの穏やかな笑顔に、お礼を言うのも忘れて目が釘づけになってしまった。

 凱斗の笑顔や、手の感触や低い声に、あたしの心がいちいち敏感に反応する。勝手に湧き上がってくる気持ちを制

御できない。
　苦しいくらいのドキドキが心地よくて、嬉しい。
　凱斗は「行くぞ」って言いながら、生徒玄関に向かって歩き始めた。
　頭から凱斗の手が離れてしまって、それが寂しくて、あたしは慌てて背中を追う。
　待ってよ、凱斗。
「あ、ありがと凱斗。ごめんね」
「いいって。気にすんなよ。俺たちは友達だろ？」
　——ズキン……。
　胸の奥に強い痛みが走って、思わず足を止めて凱斗の背中を見つめた。
『友達でいよう』
　それは、あたし自身が凱斗に向けて放った言葉だ。
　それを凱斗に言われて、今さらこんなに動揺するなんて。
　階段を上る凱斗の後ろ姿を見つめるあたしの心は、さっきまでとは違った切なさと痛みを感じていた。
　サーッと風が吹いて、あたしの髪を乱して通り過ぎていく。
　前庭の木々の葉がサワサワと音を立て、あたしの心も同じように揺れていた。
　それはつまり、あたしの心が"やっぱり友達なんかじゃ嫌だ"って叫んでるってことだ。
　裏と表。本音と欺瞞。
　亜里沙の言葉が脳裏によみがえってくる。

真っ正直で嘘のない亜里沙には、あたしの薄っぺらい感傷なんてお見通しだったんだ。
　ほんとだね。亜里沙。
　あたしって、マジでバカの極みだね。
　でもさ、今さらもう、どうにもならないよ。
　あたしと凱斗の間にある、"入江小花"という世界は、どうにもならない現実なんだよ。
　それがわかっていながら、心は叫ぶんだ。
　凱斗が好きって叫んで、どうしようもないんだ。
　どうにもならないってわかってるのに、どうしようもないんだよ……。
　叫ぶ心のやり場がなくて、締めつけられるようなキリキリした痛みが全身に走って、苦しい。
　目の前に見える凱斗の後ろ髪や、肩のラインや、階段を踏む黒い革靴が、ものすごく遠くに感じられて寂しい。
　思わず凱斗の背中に向かって手を伸ばしかけた時、不意に凱斗がこっちを振り返った。
「なにしてんだ？　行くぞ？」
　伸ばしかけた手をビクッと引っ込め、あたしはぎこちない顔で笑った。
「うん……」
　あたしには、どうにもできない。
　そのまま凱斗の後を追って、階段をゆっくりと上った。

生まれてきてくれて、ありがとう

「あの、亜里沙……」
　黙々と掃除を続けている亜里沙に、あたしはおそるおそる声をかけた。
　パッと振り返った亜里沙は、黙ってあたしの顔を見つめている。
　琥珀色の視線の直撃を受けて、怯んだあたしは反射的に目を逸らしてしまった。
　うう、あたしってば根性なし……。
「ほら、向坂」
　凱斗に肘を突っつかれて、あたしは思い切って謝罪を切り出した。
「えっとぉ、あのぉ～……いろいろとぉ、そのぉ～……」
　……ぜんぜん謝罪になってないよこれ。
　言いたい言葉がなかなか出てきてくれなくて、唇の形を無意味にパクパクさせてばかりいる。
"ごめんなさい"って言葉は、なんでこうも言いにくい言葉なんだろう。
「つまり、よかったらこれ、お納めください」
　あたしはおずおずと、さっき自販機で買ってきた缶コーラを亜里沙に進呈した。
　亜里沙が好きなコーラ。
　これで謝罪の気持ち、通じるかな？　通じてほしい。

「…………」

　祈るあたしの目の前で、亜里沙は沈黙していた。

　そして素直に、あたしの手から缶コーラを受け取る。

「あたしも悪かった。ごめんね、奏」

　あたしは驚いて、まじまじと亜里沙の目を見つめた。

　亜里沙は気後れしている様子もなく、ハキハキと謝罪の言葉を告げてくる。

「あたし、いつも言いすぎちゃうんだ。しまったって思った時にはもう遅くてさ。悪気はないの。性格なのよ。ごめんね」

　すっごいサバサバした顔で、いかにも亜里沙らしい言葉。

　凱斗に対しても、拍子抜けするくらいあっさりと謝っている。

「あんたにもいろいろ言っちゃって、ごめん。ぜんぶ本当のことだけどさ。事実ならなにを言ってもいいってことには、ならないよね。一応反省してるから、あんたもあんまり気にしないでよ」

「藤森、お前なぁ……いや、もういいよ」

　苦笑いした凱斗がチラッと視線を流した先には間宮君がいて、彼はこっちの様子を窺っている。

　男ふたりで目配せしあい、満足そうな顔で小さくうなずいていた。

「そうだ。めでたく仲直りした証に、ふたりとも学校終わったらあたしの家に来ない？」

　もうすっかりわだかまりを解いた笑顔で、亜里沙が誘っ

てくれる。
「いや、俺は遠慮するよ」
「遠慮なんかしなくていいから来てよ。てか、来なさい。あたしは病み上がりなんだから、家まで送り届けてもらうよ」

　亜里沙らしい問答無用の口調に、凱斗も笑いながらうなずいた。

　あたしたちの笑顔も、会話も、態度も、空気も、まったく元通り。

　あたしがあんなに言いにくかった"ごめんなさい"を、あんなに簡単に言い切れてしまうなんて、やっぱり亜里沙はすごい。

　放課後に生徒玄関で待ち合わせる約束をしてから、凱斗が小走りに自分の清掃場所に戻っていく。

　その背中を見送って、あたしと亜里沙は協力しながら急いで残りの掃除を片付けた。

「そういえば、亜里沙の家に行くって久しぶりな気がするー」
「俺は初めてな気がするー」
「凱斗は当たり前でしょ。これまで一度も男なんか家に呼んだことないんだから」

　3人でカラカラ笑いながら、賑やかな国道沿いを歩いていく。途中でコンビニに寄って、お菓子と飲み物をいろいろと買い込んだ。

凱斗がこれ見よがしに、カリカリ小梅と柿ピーと味付き茎ワカメを買い物カゴにポンポン放り込むのを見て、亜里沙がおかしそうに笑う。
　亜里沙、きっと少しでもあたしたちの仲がうまくいくようにって、誘ってくれたんだろうな。
　その気持ちが嬉しい。ありがとう亜里沙。
「なんか、今にも雨が降りそうだね」
　見上げる空は灰色の雲がどんよりと広がり、周囲も薄暗くなっている。
「降りだす前に行っちゃおう」
　あたしたちは急ぎ足で横断歩道を渡り、そのまま脇道へ入っていった。
　ここまでくれば亜里沙の家は、すぐそこだ。
「ここがあたしの家」
　そう言って亜里沙が指差す家は、広い敷地に建つ近隣でも一番の大きな邸宅だ。
　どっしりした3階建ての家構えは風格があり、赤レンガ調の壁は気品が漂っている。
　亜里沙の家を初めて訪れた凱斗が、目を丸くしてつぶやいた。
「おわ、すげえ」
「すごくないよ。敷地が広いと固定資産税が大変だし」
　高校生らしくないことを言いながら、亜里沙が玄関をテンキー操作で開けてくれる。
「さ、どうぞ入って」

やたらと凝ったデザインのドアを開け、亜里沙を先頭にしてあたしたちは家の中に入った。
　天井の高い広々とした玄関を抜けると、すぐに大きなリビングが見える。
「あれ？」
　あたしは首を傾げた。
　高級家具が並ぶ室内の一角にはたくさんの段ボールが積み重なっている。
「なにこの段ボールの山。どしたの？」
「ああ、これ？　引っ越しの荷物」
　あっさりそう答えた亜里沙の顔を、あたしと凱斗が凝視した。
「……引っ越し？」
「うん」
「……え？　引っ越し？　……って、ええぇ――!?」
　ワンテンポ遅れてから、あたしは目を剥いて悲鳴を上げた。
「ど、どこに!?　亜里沙、まさか転校しちゃうの!?　そんなの絶対ヤダヤダヤダ！」
「しないよ。あたしは引っ越さないもん」
「へ？」
「引っ越すのはお父さんだけ」
「……あ、なんだ、単身赴任なのか」
　良かったぁ！　亜里沙、いなくなっちゃうかと思って一瞬血の気が引いた！

あたしは、安心してふうっと息を吐いた。
　そういえば亜里沙のお父さんって、たしか有名企業の偉い人なんだっけ。あんまり詳しくは知らないけど。
「単身赴任じゃないよ。家を出て行くだけ」
「え？　だからお父さんが単身赴任なんでしょ？」
「違うって。うちの両親、別居すんのよ」
「……は？」
「離婚を前提とした、別居。だからお父さんだけが出ていくの。うちのお父さん、婿養子だから」
「…………」
　豪華なリビングが、シーンと静まり返る。
　あたしと凱斗は驚いて、声も出せずに棒立ちしていた。
　今、唐突に、すごく重大な事実を聞いた気がする。
　そのわりに、やたらと軽く言われた気もするけど。
　——亜里沙のお父さんとお母さん、離婚しちゃう、の？
　こんな時、なにか言わなきゃいけないのか、言うならなんて言えばいいのか、それとも、言っちゃいけないものなのか。
　混乱して頭の中がグルグルしている。凱斗もすっかり動揺して目が泳いでしまっているし……。
「やだちょっと、そんな深刻になんないでよ」
　亜里沙は笑って、ソファに勢いよく座り込んで肩をすくめた。
「離婚は仕方ない事情なの。あたしはなにも言える立場にないしね」

そんなことを言う亜里沙に、虫が鳴くような小さな声で答えた。
「そんなわけ、ないじゃん」
　自分でも情けないと思うくらい頼りない声だったけど、それでも、頑張って振り絞る。
「だって、亜里沙の大事なお父さんとお母さんのことじゃん」
　亜里沙がなにも言えない立場だなんて、そんなこと絶対にない。
「お父さんじゃないもの」
「……え？」
「実はあたし、お父さんの子じゃないのよ」
　頑張って振り絞った声が、ピタリと止まってしまった。
　次々と明かされる事実の波に、もう、ついていくのがやっとだ。
　あたしは亜里沙が言った言葉の正確な意味を理解しようと、必死に頭を回転させる。
　お父さんの子じゃない？
　まさか亜里沙って養子だったの？　あ、いや、お母さんの連れ子とか？
「違う違う。そうじゃなくて」
　あたしの混乱した表情を読み取ったらしい亜里沙が、パタパタと手を横に振って、言った。
「あたし、お母さんが浮気してできた子どもなの。不倫で失敗した結果」

……あたしの中の時間が、一瞬、でも確実に停止した。
　自分の手足が一気にサーッと冷たくなっていくのがわかる。不気味なほど静まり返ったリビングに、あたしの手からレジ袋が滑り落ちる音が響く。
　頬を強張らせながら、息をするので精いっぱいだ。
「この顔見てよ。これで生粋の日本人なわけないでしょ？」
　亜里沙は自分の顔を、右手の人さし指でツンツンと突ついた。
「浮気相手はどっかの外国人だったみたい。ただの火遊びだったから、お母さんは、まさかお腹の子が浮気相手の子だとは思わずに産んじゃったみたいよ？」
「…………」
「だから戸籍上では、あたしはお父さんの実子。なんか笑えるよね」
　あははっと声を上げると、亜里沙は首を反らして高い天井を見上げた。
「でも、あたしがどんどんハーフっぽく成長するもんだからさ、どうも様子が変だってことで、数年前にDNA鑑定したの。で、ついに衝撃の事実の発覚ってわけ」
「…………」
「でも世間体とか、仕事上の問題とかあって、なかなか離婚できなくて」
　亜里沙は、天井から段ボールの山に視線を移した。
　顔だけは笑っていても、とても表現のしようのない、虚ろな目をして。

「だからね、あたしはなにも言える立場にないの」
　あたしは両手で口元を覆い、頭をガンガン打ちつけられるような衝撃に、必死に耐えていた。
　息を吸うたびに大きく揺れ動く肩を、凱斗がしっかりとつかんで支えた。その手の感触にほんの少しだけ心が緩んで、泣きそうになる。
　……なんて、ことだろう。
　ようやく今、理解した。
　亜里沙があんなに、自分の容姿を嫌った本当の理由が。
　雪のような白い肌。甘く柔らかな琥珀色の瞳と髪。彫りの深いハッキリした顔立ち。
　女の子なら誰でも憧れてしまう、見惚れるほどの美しさ。
　でもそれは亜里沙にとって、まさに呪いのようなものだったんだ。
『あたし、鏡が嫌いなの。自分の顔が大嫌い』
　口癖のようにいつも言っていた、あの言葉。
　毎日毎日、鏡を見るたびに突きつけられる、認めたくない真実。
　日々、父親とかけ離れていく自分の容姿を、どんな思いで見ていたろう。
　そんな自分の顔を羨ましがり、称賛する人たちの声を……どんな思いで、亜里沙は聞いていたんだろうか……。
「な……んで……？」
　ようやく口から出た言葉を、あたしは涙を啜り上げながら途中で呑み込んだ。

なんで言ってくれなかったの？　そう聞くつもりで、わかってしまった。
　だって言えるわけがないじゃないか。こんなこと。
　事実が重ければ重いほど、根が深ければ深いほど、人は、なにも言えなくなってしまうんだ。
　入江さんが、なにも言えずに逝ってしまったように。
　中尾さんが、言えない傷を抱えていたように。
　そうして亜里沙も苦悩を抱え込んだまま、あたしの前で笑っていた。
　あたしを励まし、支えてくれていた。
　なにも言わずにずっと守ってくれていた。
　今思えば、亜里沙があれほどあたしたちに、『あんたたちに責任はない』って言い続けていたのは、自分自身にもそう言い聞かせたかったからかもしれないね……。
「ねえ、泣かないでよ奏。あたしは大丈夫なんだから」
　困ったように微笑む亜里沙にそう言われて、あたしの両目からどっと涙が溢れでた。
　口元を覆う手から、抑えようにも抑えきれない嗚咽が漏れる。
「うっ……。亜里沙……亜里沙ぁ……」
　……ああ、本当になにもかも、思いもしないことばかり。
　濃い霧に包まれたこの世界は、こんなにも不確かで、恐ろしい。なのに道も見えない恐怖に怯えながら、生きていかなければならないなんて。
　大切な人が目の前で、悲しみに溺れる姿を見なければな

らないなんて。
　この世界は……いったい、なんだというんだろう！
　——ガシャーン！
　とつぜん、ガラスが割れるような大きな音が、どこからか響いた。
　それと同時に、誰かが言い争っているような声も聞こえてくる。
　なんだろうと思う間もなく、亜里沙がすばやくソファから立ちあがって、物も言わずに駆けだした。
「亜里沙!?」
　リビングを飛びだしていく亜里沙の後を、あたしと凱斗が慌てて追いかける。
　洋間を3つほど通り抜けた先の、奥の部屋から男女の怒鳴りあう声が聞こえてきた。
「私がどれほど、辛い思いをしてきたと思うの!?」
「よくもそんなことを言えるものだな！　それはこっちのセリフだ！」
　相手を非難しあう声。
　扉の前で立ち止まった亜里沙は、とっさにドアノブに手をかけようとして、動きを止めた。
　いつも強くて頼もしい亜里沙のこんな心細そうな顔、今まで見たことがない。
「仕事仕事で、私を無視してばかり！　存在を否定された人間の気持ちがわかる!?」
「君こそ、婿養子(むこようし)に来てから俺がどれほど苦労したか知っ

ているのか!?」

　亜里沙はまるで、自分が責められているようにうつむいて、両親が罵りあう言葉をじっと聞いていた。
　きっとこんな言い争いを、毎日のように聞いてきたんだ。
　そのたびに、亜里沙はこんな顔をしていたんだろう。
　まるで荒野にたったひとりで、置き去りにされてしまったような顔。
『あたしはなにも言える立場にないの』
　そう自分自身を責めながら……。
　そんな苦しむ亜里沙をよそに、扉の向こうの声はどんどんエスカレートしていく。
　おばさんはヒステリックに喚き散らしている。
　おじさんは、完全に理性を失った声で怒鳴っている。
　床を激しく踏みならすような音や、壁を殴りつけるような音まで聞こえてきて、ついに耐えきれなくなった亜里沙が、両手で耳を塞いでしまった。
　あたしは亜里沙の肩に手を回し、急いで扉から遠ざけようとする。
　もういいよ、行こう亜里沙！　こんなの聞く必要ないよ！
　——ガシャーン！
　また、なにかが壊れる大きな音と、おばさんの悲鳴が聞こえた。
　亜里沙がハッと顔を上げ、夢中でドアノブに飛びつく。
　そして扉を開けようとした瞬間、信じられない言葉が聞

こえた。
「あんな子、産まなければよかった!」
「ああ! 産むべきじゃなかったんだよ!」
　ビクンと、雷に打たれたように亜里沙の体が跳ね上がった。
　顔色は、もはや色白を通り越して真っ青だ。
　人形のように硬直して、薄く開いた唇がわなないて、言葉にならない声を漏らす。
　そして、閉じることを忘れたように見開かれた両目から、涙がボタボタと流れ落ちた。
　幼い子どもみたいに顔をクシャクシャにした亜里沙は、細い息を吐きだしながら……泣いた。
　その泣き顔を見た瞬間、冷たく凍りついたあたしの頭に、燃えるような熱い血がガッと昇った。
　あたしは目の前の扉を蹴破るように開けて、部屋の中に飛び込む。
　そして、いきなり侵入してきたあたしを見て驚くふたりに、大声で言った。
「なんてこと言うの!?　亜里沙の目の前で!」
　ハッとしたふたりが、開いた扉の向こうに立っている亜里沙の姿を見つけて、"しまった!"という顔をする。
　その顔に向けて、あたしはさらに言い募った。
「謝って!　亜里沙に謝って!」
　たぶんあたしの形相(ぎょうそう)は、牙(きば)を剝いた真っ赤な狼みたいな、とんでもないことになっているだろう。

爪の先まで満ちた怒りの感情が、大爆発を起こしている。
　これまでの人生でこんなに怒ったことはない。
　まるで体の中で暴風雨が荒れ狂っているみたいだった。
「謝れ！　謝れ！」
「か、奏、もうやめて。なにも言わないで。あたしはいいから……」
「嫌！　あたしが良くない！」
　後ろから聞こえてきた亜里沙の声に、振り返りもせず即答した。
　あたしが我慢できないんだ。亜里沙を『産まなければよかった』『産むべきじゃなかった』と言った、この人たちを。
　絶対絶対、あたしは認めない！
「な、なんだ君は？　とつぜん部屋に押し入ってきて」
　動揺していたおじさんが、少しずつ平静を取り戻した様子でそう言った。
「すぐここから出て行きなさい！」
「嫌！　あんたたちが亜里沙に謝るまで、絶対に出ていかない！」
「なんだその口の利き方は！」
　声を荒らげるおじさんの横で、おばさんが顔をひきつらせながら作り笑いをする。
「奏ちゃん、驚かせてごめんなさいね。おばさんたち、今ちょっとゴタゴタしているから、ね？」
「とにかくすぐ出ていきなさい！　大人の事情に子どもが口を挟むものじゃない！」

そのいかにも大人ぶった、子どもを諭すような口調と態度が、ますますあたしの神経を逆撫でした。
　声を限りに、言うべきことを叫ぶ。
「あんたたちは間違ってる！」
　そうだ。入江さんも、中尾さんも、亜里沙も、なにも言えなかった。
　自分のせいで他人を不幸にしたと自分を責めて、罪悪感に苛まれ、口をつぐんだ。
　世界の違う相手になにを言っても伝わらないし、通じあえないから、黙り込んだ。
　でもあたしは引っ込まないし、黙らないし、認めない。
　言わなきゃいけないことは、言うんだ。
　亜里沙が言えないなら代わりにあたしが言ってやる。
　自分のことだったら口を閉じてしまうかもしれないけど、亜里沙のためなら、あたしは言える。
「自分たちの不幸を亜里沙のせいにしないでよ！」
　あたしに怒鳴りつけられたふたりは、見えない拳で殴りつけられたような顔をした。
　ぐっと言葉につまって、不自然なくらい亜里沙からサッと視線を逸らす。
　その姿はまるで、剝きだしの弱点を攻撃された小さな動物みたいに見えた。
　それでもおじさんは、まだ威厳を保とうとするようにあたしに怒鳴ってくる。
「なにも事情を知らない子どもが、知った口をきくんじゃ

ない!」
「知ってるよ!」
　あたしも負けずに怒鳴り返した。
　知っているんだ。ここにいるみんなが、濃霧の中で溺れている。
　思いもよらず関わりあってしまった世界の影に、今にも呑み込まれそうになって、必死に喘いでいる。
　おじさんも、おばさんも、なすすべも無い苦しみを味わっているんだ。
　その苦しみの原因のひとつが、亜里沙の存在だってことは、どうしようもない事実だと思う。
　でもそれは亜里沙の"責任"じゃないし、亜里沙の"せい"でもない。
　そうだよ!　亜里沙のせいじゃないんだよ!
「亜里沙を責めないで!　亜里沙が自分を責めてしまうようなこと、絶対に言わないで!」
「…………」
「謝って!　間違いだって認めて!　ふたりとも亜里沙の目の前で、お前は生まれてきてよかったんだって言って!」
　おじさんとおばさんは、引きつけられるように亜里沙を見つめた。
　悲しみと、憐憫と、それ以外の深いなにかが込められた表情で。
　亜里沙はそんなふたりを食い入るように見つめ返し、部屋の中に張りつめた沈黙が流れる。

やがて……おばさんは、耐えきれないように両手で顔を覆って泣きだしてしまった。
　おじさんは、亜里沙になにかを言おうとして唇を動かしたけれど、結局そのまま口を閉ざしてしまう。
　そして両目をギュッと閉じ、ギリギリと唇を強く嚙みしめる。
「出て……いってくれ……」
　涙のにじむ目であたしを睨みつけながら、おじさんがあたしを追いだそうと手を伸ばしてきた。
「おじさん！」
「出ていってくれ」
「嫌だ！」
「出ていきなさい！　今すぐ出ていけ！」
　その手があたしの体に触れる寸前、横から伸びてきた別の手にパシッと払いのけられる。
　おじさんの目とあたしの目が、同時にその人物に向けられた。
「凱斗……」
　凱斗が、あたしを守るように、あたしとおじさんの間に割り込んだ。
「あのさ、生意気かもしれないけど、俺も男だからあんたの気持ち、わかるよ」
　凱斗はゆっくりと、落ち着いた口調でおじさんに話しかける。
「それでも俺、藤森が生まれてきてよかったって思う。だっ

て間宮のヤツは、藤森に救われたんだよ」
「なにを言っているんだ、君は！ いいから早く出ていけ！」

　聞く耳を持とうとしないおじさんに、凱斗は構わず話し続けた。
「間宮はさ、デキる男だから周囲の期待がすごいんだ。しかも期待はエスカレートするし、なのに当然のように結果求められるし、ほんとの気持ちは誰にもわかってもらえなくて、苦しんでた。……まるで、あんたみたいに」

　一瞬怯んだおじさんの顔を、凱斗は真っ直ぐに見つめる。
「自分を追いつめることしかできなかった間宮の世界を、藤森だけが変えてくれたんだ。俺、間宮を救ってくれた藤森に、心の中でずっと感謝してた」

　優しい、穏やかないつもの表情で、凱斗は言葉を続けた。
「だから、あんたの気持ちはわかったうえで、それでも言えるよ。藤森が生まれてきてくれてよかったって」

　凱斗の静かな、でも揺るぎない態度と声が、荒れた空のようなあたしの心を徐々に鎮めてくれる。

　……うん、そうだね凱斗。あたしたちは、ちゃんとわかってるんだ。

　亜里沙の存在が、おじさんやおばさんを苦しめているのは事実。

　だけど亜里沙の存在が、間宮君やあたしたちの心を救ってくれたのも事実。

　どちらも同じ、事実なんだよ。

「——おじさん、おばさん」
　それをわかっているあたしは、ただ、こうして告げればいいだけなんだ。揺るぎない、この事実を。
「亜里沙を産んでくれて、育ててくれて、本当にありがとう」
「…………」
　おじさんとおばさんが、虚を突かれたような顔をした。
　それまでずっと黙って立ち尽くしていた亜里沙が、いきなり身を翻して駆けだしていく。
「亜里沙!?」
「藤森!?」
　あたしと凱斗は血相変えて亜里沙の後を追う。
　亜里沙はすごい勢いで玄関から外へ飛びだし、そのまま走り続けた。
「亜里沙、お願い！　待って！」
　スカートの裾を翻して全力疾走する亜里沙は、近くの小さな公園に飛び込んでいった。
　ブランコや滑り台や砂場の横を走り抜け、一番奥のベンチの所で立ち止まり、ハアハアと息を乱している。
　あたしも少し離れた所で立ち止まり、息を切らしながら、亜里沙の琥珀色の髪が揺れる背中を見つめていた。
「まったく、あんたたちってば……」
　乱れる息を整えながら、亜里沙はとつぜんクスクス笑い出した。
「なんなの？　さっきの青春ストーリーみたいなセリフは。よく恥ずかしくないね？　聞いてるこっちが赤面ものだっ

たよ」
　大きく肩を揺らして笑いながら振り返った亜里沙の目は真っ赤で、涙がポロポロこぼれている。
「笑えて笑えて、ほら、涙まで出てきちゃった」
「亜里沙……」
「あはははは」
　そんな泣き笑いしてる亜里沙を見たら、こっちまで両目が熱く潤んできちゃって。あたしも一緒になって笑いだしながら、泣いてしまった。
「あははー。やだ、そんなクサかった？」
「んもう、悶絶（もんぜつ）」
「ぎゃー！　恥ずかしい！」
　ふたりして声を上げて笑いながら、ひたすら涙を拭って、また笑う。
　そんなあたしたちの姿を、近くの鉄棒で遊んでいた女の子たちがキョトンと見ていた。
「……俺、飲み物買ってくるよ」
　しばらくの間、あたしと亜里沙をふたりきりにしてくれるつもりなんだろう。凱斗がそう言って、この場から離れていった。
「ありがとう、凱斗」とお礼を伝え、亜里沙に言う。
「座ろうよ」
「うん」
　あたしたちは盛大に鼻水を啜りながら、ベンチに並んで腰かけた。

お互い話すきっかけを探すように、遊具に群がる子どもたちや、犬の散歩をしている親子連れで賑わう公園の様子をしばらく眺める。
　そのうち亜里沙が、公園中に溢れる声にまぎれながらポツンと言った。
「奏、ごめんね。なんにも言ってなくて」
　落ち着いた表情で話す隣の亜里沙を見ながら、あたしも答える。
「ううん。言えない気持ち、わかるよ」
「あたし、こんな不幸な境遇に負けてたまるか！って虚勢張ってる所があってさ。でも口に出したら、ハリボテが崩れちゃいそうで、怖かったの」
「辛かったね……」
「うん。自分の生まれたことを否定されるって、正直すっごくキツかった。遺伝子レベルの問題って、自分じゃどうしようもできないことだし」
　亜里沙自身に責任のない、どうにもならないこと。
　なのに自分の存在が、大切な家族を崩壊させていく。
　亜里沙とお父さんの血が繋がっていないって現実は、本人にも誰にも、絶対にどうにもできないことだ。
　どれほどおばさんが過去を後悔したところで、亜里沙の体に流れる血が入れ替わることはないし、どれほどおじさんが天に祈ったところで、亜里沙の中におじさんの遺伝子が組み込まれることもない。
　どうにもできないから、せめて相手を責めることで楽に

なろうとして、そのたびにみんなが傷ついていく。
「辛くて辛くて、どうしようもなくて……死んだら楽になるかなって、本気で考えた。ま、死ななかったけどね」
　あたしの胸がドキンと騒いで、思わず琥珀色の瞳の奥を探るように見つめてしまう。
　追いつめられた亜里沙は、死を考えていた。
　そうか。それで亜里沙はあんなことを言ったんだ。
『生きるも死ぬも、本人次第。自分の責任において死を選んだのなら、誰も責任を負えないし、誰を責めるべきでも、誰に責められるべきでもない』
　あの言葉は、決して入江さんを突き放した言葉じゃなかったんだ。
　本気で死について考えた亜里沙自身の本音だったんだ。
　亜里沙が、あの嵐の日でも休まず学校に来ようとしていたのは、ひょっとしたら家に居場所がなかったからじゃないだろうか？
　皆勤賞なんて晴れがましいものの陰で、亜里沙はそんな苦悩を抱えていたんだ。
　風邪で学校を休んだのだって、本当は家の事情のせいかもしれない。
　亜里沙がこうして生きていてくれることに、心からホッとすると同時に、そんなにまで追いつめられていたことを知りもしなかった自分に、腹が立つ。
「亜里沙、ごめんね。あたしなんにも知らなくて、なんの力にもなれてなくて」

「なに言ってんの。奏があたしを救ってくれたんだよ?」
「え?」
　亜里沙は胸ポケットから生徒手帳を出して、中に挟んであった紙を取りだした。
「これ、覚えてる?　去年のあたしの誕生日に奏がくれた、バースデーカード」
　そのカードには、たしかにあたしの文字で、こう書かれていた。
『はっぴーばーすでー亜里沙!　生まれてきてくれてありがとう!』
　目を見開いてカードを見つめるあたしに、亜里沙は嬉しそうに言う。
「毎日毎日、今日死のうか、明日死のうかって考えてた。そんな時にこんなカードもらっちゃったらさ……」
　ニコリと細められた亜里沙の目尻から、涙がひと筋、こぼれ落ちた。
「生きるしか、ないじゃん」
　ぶわっと両目が潤んで、亜里沙の姿が見えなくなった。
　あたしは、何度も何度も自分の涙を拭いた。
　涙で見たいものが見えないのなら、拭けばいいんだ。
　何度でも何度でも、拭いてやる。
　そしてあたしは、この目でしっかりと見るんだ。
　きっと亜里沙もそうやって、何度も何度も見ただろう、涙で文字のにじんだバースデーカードを。
　夕方の陽射しが、あたしと亜里沙の顔をあたたかい黄昏

色に染めていく。

　涼しさの増した柔らかな風が、今日の疲れを癒すように頬を撫でていった。

　こんな大変な一日だったのに、結局はいつも通りに今日という日は終わりを告げる。

　生とか死とかの重っ苦しい話をしている傍<ruby>かたわ</ruby>らでは、子どもたちがブランコの順番争いで、わんわん泣いてるし。

　ああ、ほんとになんなんだろう。この世界って。

　まるで、"だまし絵"みたいだ。

　複雑で、不確かで、関わりあった誰もかれもが自分を責めたり、人を責めたり、傷つけられたり傷つけたり。

　一寸先も見えない霧に包まれただまし絵の中を、今日も明日もあさっても、人は生きていかなきゃならないなんて。

「まだ家族が仲良かった頃、ここの公園でお父さんに補助なし自転車の乗り方を教えてもらった」

　遊んでいる子どもたちの姿を懐かしそうな目で眺めながら、亜里沙が言う。

「あっという間にマスターしてさ、お父さん、すごく喜んでくれたんだ。『さすが俺の娘！』って」

　まだ事実が明らかじゃなかった頃、亜里沙の家族は幸せだったんだ。

　さっき、おじさん泣いてたな。

　いい年齢をした大人が、高校生の前で泣くなんて、よほど辛かったんだろう。

　おじさんも、心の奥では亜里沙を愛しているんだろうか。

おじさんもおばさんも、家族が傷ついているのは自分のせいだと、自分を責めているんだろうか。
　でもそれを認めたくなくて、お互いを責めているんだろうか。
　そうせずにいられないくらい、深く苦しんでいるんだろうか。
「もう二度と、『俺の娘』なんて言ってもらえないって思ってた。……でもね」
「なに？　どうかしたの？」
「この前、交通事故に遭って救急車で運ばれた時ね、連絡受けたお父さんが治療室に飛び込んできて、とっさに叫んだの。『俺の娘は無事なのか!?』って」
　亜里沙は嬉しそうに笑って、言葉を続けた。
「もう二度と聞けないって思ってたけど、聞けた。もしかしたら、また聞ける日が来るかもしれない」
　今日、『産むべきじゃなかった』と言われても。
　明日、『俺の娘』と言ってくれるかもしれない。
　明日が無理でも、あさって言ってもらえるかもしれない。
　今日も、明日も、あさっても、そうして亜里沙は、希望を捨てずに待ち続けると自分で決めたんだね。
「だから生きていこうと……思うんだ」
　そう言って亜里沙が見上げる空は、眩い金色に輝く太陽が山間に沈みかけ、薄い雲を目にも鮮やかな朱色に染める。
　今日、降るとばかり思っていた雨は、降らなかった。
　やがて空の奥に隠れた月や星が姿を現し、真っ暗な世界

を優しく照らしてくれるだろう。
　霧に包まれた、だまし絵みたいな恐ろしい世界に生まれてしまった、あたしたち。
　それでもあたしは言うよ、亜里沙。
「亜里沙、生まれてきてくれて、ありがとう」
　空を見上げていた亜里沙が、あたしを見た。
　その琥珀色の目がみるみる潤んで、星みたいにキラキラした涙を幾粒も流す。
　何度も泣いた亜里沙のまぶたは腫れぼったくなって、鼻の頭も真っ赤。
　啜り切れない鼻水が垂れちゃって、見るも無残な状態だ。
　……きれいだよ。亜里沙。
　その目も、鼻も、唇も、肌色も、髪色も、なにもかも。
　亜里沙は、とてもとてもきれいだよ。
「奏、生まれてきてくれて、ありがとう」
　涙でグショ濡れになった顔で、亜里沙は笑ってそう伝えてくれた。
　生まれてきてくれて、ありがとう。
　出会ってくれて、ありがとう。
　たしかな思いを言葉にして、伝えあったあたしたちは手を繋ぐ。
　そして肩を寄せあい、微笑みながらずっと夕暮れの空を見上げていた。

校門前、雨色に染まるキスをした

　次の日。
　いつも通りに登校したあたしと亜里沙は、いつも通りの一日を過ごした。
　あの後、亜里沙が自宅に帰ってから両親とどうなったか心配だったんだけど、別になにがどうなった、ということもなかったらしい。
　両親とも、それぞれ亜里沙になにか言いたい様子だけど、それが言葉にならずに困惑しているみたいだって亜里沙が教えてくれた。
　まったく大人ってしょうがないなーと思いつつ、その気持ちは理解できる気がした。
　だって大切なことほど、言葉にして相手に伝えるのは難しい。
　その大変さは、きっと大人も子どもも同じなんだ。
　子どもにとって親は特別な存在だけど、だからって親が神様みたいに完璧な存在かというと、そうじゃないし。
　離婚を前提とした別居も、予定通り進めるらしい。
　あんな出来事があったからといって、素晴らしく劇的な変化が訪れるという、都合のいい展開はなかった。
　それでも亜里沙は、
「別居すれば、両親が怒鳴り散らして声を枯らすこともなくなるし、家の貴重品が壊れることもなくなるし。これっ

て前進よ」

とあっけらかんと笑った。

内心ではまったく笑えていないだろうけど、これが亜里沙流の心の納め方なんだと思う。

「やっぱり亜里沙って強いね」

「まーねー。もともと雑草みたいにたくましく生まれついたんだと思う。それが過酷な環境で、さらに鋼のように鍛えられたのかもね」

「なんか尊敬しちゃうな」

「尊敬されるようなことじゃないよ。……ただ入江さんに、あたしの10分の1でも図太さがあったらな、とは思うけど」

亜里沙の言葉に、あたしはうなずいた。

入江さんと亜里沙の境遇は似ている。ふたりの違いなんて、ほんのわずかなことなんだろうと思う。

亜里沙にはあたしのバースデーカードが届いたけれど、入江さんには救いの手が届かなかった。

でも、もしも入江さんのお母さんが階段で足を滑らせなかったら、入江さんだって自分の命を絶つことはなかったかもしれない。

もしもあたしのバースデーカードが少し遅れて届いていたら、亜里沙を失っていたかもしれない。

ほんの少しのズレで、結果はこんなに大きく変わってしまっている。

そう考えると、やっぱり生きていくって怖いことなんだと思う。

でもそれは言い換えれば、ほんの少しのきっかけさえあれば、人の心は救われるってことなんじゃないかな？
　些細な巡り合わせが人の命を左右してしまう世の中だけど、それでも命を救うものだって、この世界にはちゃんと存在している。
　その救いは今日、訪れるかもしれない。そして苦しむ人の明日をきっと変えてくれるんだ。
　そう考えれば、生きていく勇気が出てくる。
　放課後になって、あたしと亜里沙は一緒に生徒玄関に向かった。
　自分の靴箱の中の革靴に指を突っ込むと、カサリと覚えのある感触がする。
　あたしはメモ用紙を取りだして、広げてみた。
『いろいろと、すみませんでした。　　中尾美弥』
　その一文を読んだあたしの頬は、自然と緩んだ。
　中尾さん、自分の胸の内をあたしと凱斗に打ち明けたことで、少しは気持ちが楽になれたのかな。
　もう一度中尾さんと話してみたい。
　それで彼女が救われるとは思わないけど、彼女の中の、なにかが変わるきっかけになるんじゃないかな？
　亜里沙もメモ用紙を覗き込んで、ふふっと小さく笑う。
「奏、知ってる？　中尾さんって陸上部の期待の新星なんだって」
「へー、すごいね！」
「今度大会があるらしいから、一緒に応援に行こっか」

「うん！　行こう行こう！」

　素晴らしく劇的な変化なんて、ない。

　でもいつの間にかまた、こんな風な小さな関わりあいが生まれている。

　革靴を履いて玄関のガラス扉を通り抜け、階段を降りた時、あたしは横から近づいてくる気配に気づいて、なにげなく振り向いた。

　そして……目を見張った。

「向坂」

　そこに、凱斗が立っていた。

　青い傘をさして。

　空には薄灰色の雲が浮かんではいるものの、ほとんどは透き通るような青空が広がり、雨が降るような気配は微塵もない。

　それでも凱斗はまったく気後れした様子もなく堂々と傘をさして、あたしの目を見て言った。

「雨が降るまでなんて、とても待てない。今すぐ俺と相合傘で校門を通ってくれ」

　生徒玄関に集まっている生徒たちが、ひとり残らずあたしたちに注目している。

　女子生徒たちの興奮した声が聞こえたけれど、右の耳から左の耳へ通り抜けてしまった。

　だって、それほど凱斗の姿が鮮やかすぎる。

　他のすべては色の混じった絵の具みたいにぼんやり霞んで、その真ん中に凱斗の顔と傘の青色だけが、くっきりと

鮮明に浮き上がっている。
　それ以外の情報は、あたしの中から完全にシャットアウトされてしまった。
「入江のことを考えたら、俺たちは結ばれちゃいけないと思っていた。でもそんな考えは間違いだってようやく気がついたんだ」
　いつも通りの優しい口調だけど、凱斗の目には力強い光が満ちている。
「入江と俺たちが関わり合った結果を、不幸や悲劇だけで終わらせたくない。だから俺たちは、本当の想いを叶えよう」
　いったん口を閉じた凱斗が、ふわりと笑った。
　あたしの大好きな、あの綺麗な笑顔で。
「俺はお前と関わり合っていくことを……、お前のことを決して諦めない」
　体中の血潮がいっせいに目覚めるような、鮮烈な息吹を感じた。
　あたしの中で眠っていた蕾が大きく揺り動かされて、待ち構えていたように花開く。
　ヤケドするほどの熱さが全身を駆け巡り、目も眩むような心の昂ぶりに翻弄されて、息もつけない。
　あたしの心も、体も、世界のすべては今、凱斗によって埋めつくされていた。
「奏」
　ポンッと肩を叩かれて、ハッと我に返った。

夢から醒めたように目をパチパチさせて、斜め後ろに立っている亜里沙の琥珀色の瞳を見る。
　花びらのように微笑む唇が動いて、あたしに問いかけた。
「さあ、どうするの？」
　どうするって？　その答えは……。
「答えはもう、出てる。入江さんがかわいそうだから凱斗とあたしは付き合えないなんて、もう言わない」
　入江さんとの関わり合いは、まるで思いがけない雨のようだった。
　すごく辛い思いをしたし、とても苦しかったし、いっぱい泣いた。
　でも今、あたしは入江さんとの出会いを否定しようとは思わない。
　この世界は、どうしようもない不条理や悲劇で溢れかえっているけど、そんな出来事に直面したときに、絶望したまま立ち止まっちゃいけない。
　その先にある希望を見つけるために、前に進まなきゃならないんだ。
　入江さんと関わり合ったことで、こんな風に思えるようになれた。あたしの世界は変われたんだよ。
「そっか。……よし、行け！　奏！」
　あたしの表情から、あたしの思いのすべてを察してくれた亜里沙が、祝福するように背中を押してくれた。
　あたしは凱斗に向かってゆっくり歩み寄り、真正面に立って、彼の顔を見上げる。

サイドを自然に分けたふわりと揺れる黒髪。

少し長いまつ毛に縁取られた、切れ込みの深い二重まぶたの目。

いつも見慣れた、そしてあたしにとって唯一無二(ゆいいつむに)の笑顔が目の前にある。

ねえ、凱斗。

あたしたちが生きるこの世界って怖いね。

だって多くの人々が、みんなそれぞれ、その人なりの世界を持って生きている。

無数の世界と世界は、否応なしに関わりあって、絡みあうんだ。

だけど自分と他人は文字通り、"世界が違う"から、すれ違うし、誤解もするし、ぜんぜん望み通りにならないし。

思いもよらない結末に直面して、"そんなつもりじゃなかったのに"とおののいて、傷つけられて誰かを責めて、誰かを傷つけ、自分を責める。

そんな連鎖(れんさ)に耐えきれなくなって、いつしか一番大事なものを諦める。

……大切なことを相手に伝えるって、想像以上に困難だもんね。

でも、ダメなんだ。

それじゃないんだ。

だって、繋がることを諦めなければ世界は変わるし、救われるから。

ほんの些細な繋がりでいいんだ。

間宮君の、亜里沙への恋。

あたしが亜里沙へ送ったバースデーカード。

あたしのスカートのポケットの中にある、メモ用紙に書かれた短い言葉。

そして柿ピーと茎ワカメが好きだと伝えあい、見つめあうこと。

そんなものでいい。

ただそれだけでいいの。

それだけで世界は関わりあって、変わっていく。

そして、いつか思うんだ。

あなたがこの世界に生まれてきてくれて、出会ってくれて、よかったって。

だから凱斗と、傘をさして歩きたい。

ただそれだけでいい。

今日、こうして並んで歩くことが、ふたりの明日へ繋がって、それがあさってへと繋がっていく。

今日も、明日も、あさっても、そうしてあたしは生きていくって決めたんだ。

「向坂、俺と相合傘してくれるか？」

あたしの目を真っ直ぐに見つめ返す凱斗の目と、問いかけてくれる言葉。

それはふたつの世界が繋がって、変わっていく予兆。

「うん」

あたしは力強くうなずいた。

目の前の凱斗は本当に嬉しそうに笑って、あたしに向け

てぐっと傘をさしだす。
「よし、行こう！」
　お互いに答えを出しあったあたしたちは、ひとつの傘の下で肩を並べて、校門へ向かって歩きだした。
　きれいに晴れた天気の中、相合傘で進むあたしたち。
　周り中から好奇の視線を感じるし、クスクス笑う声も聞こえるし、あきれてるみたいな顔も見える。
　それでもいいの。ちっとも構わない。
　だって、ほら……。
　あたしの世界はもう、変わり始めている。
　革靴の裏に感じるアスファルトの感触。髪を揺らす風の香り。花壇に咲いてる小さな花の色。
　どれもこれも、ささやかなことばかり。だけどすべてがこんなに鮮やかで、目を見張るほど。
　そしてなにより……凱斗。
　君の隣で感じるこの胸の高鳴りは、昨日までのあたしは知らなかったもの。
　心の奥から溢れてくる、晴れやかな誇らしさと、くすぐったいほどの照れくささ。
　まだ見ぬ世界へ抱く淡い憧れと、ほのかな不安が入り混じる。
　この胸に芽生えた、言葉にするのも難しい感情は、きっと凱斗と関わりあうことでしか見つけられなかったものだ。
　――パラパラパラ……。

ちょうど校門に差しかかったとき、傘になにかがぶつかる小さな音がした。
　同時に見上げたあたしと凱斗は、大きく息を呑んで立ち止まる。
　澄んだ青空から、銀の粒を撒き散らすような雨が降りそそいでいた。
　白と灰色の混じった雲から落ちるしずくが、日の光を受けて輝きながら、贈り物のように地上を包み込む。
　校舎が、植物が、グラウンドが、道が、人々が、まんべんなく不意打ちの雨色に染まった。
　天気雨だ。
"狐の嫁入り"なんて風流な名前でも呼ばれるくらい、出会いたくてもなかなか出会えない、稀な現象だ。
「うわあ……」
　思いもよらない光景に心を奪われているあたしの名前を、凱斗が呼んだ。
「奏」
　振り向くあたしの唇に、不意に凱斗の唇が重なった。
　唇に感じる柔らかさと温もり。
　大きく見開いた両目に映る凱斗の髪の色と、赤く染まった頬の色と、雨の銀色。
　熱くなった耳に響く音は、破裂しないのが不思議なくらい激しい自分の鼓動。
　そして一斉に湧き立つ周囲の歓声と、はやし立てる指笛と、盛大な拍手の音も飛び込んでくる。

唇と唇が触れあったのはほんの一瞬だけで、すぐに凱斗はパッと顔を離した。
　限界まで顔を真っ赤に染めた凱斗と、顔中の毛穴から血が噴き出すんじゃないかと思うくらい、顔面に血液が集中しているあたしが、胸を大きく上下させながら見つめあう。
「好きだ。奏。大好きだ」
　見たこともないくらい真剣な顔でそう言ってくれる凱斗が、すぐに涙で霞んで見えなくなってしまった。
　嬉しすぎて体中がジーンと痺れて、鼻がつまって胸もいっぱい。
　だけど、今なによりも伝えたい言葉をちゃんと口にして、凱斗に伝えたい。
「あたしも好き。凱斗が大好き」
　……ああ、ほんの一瞬触れあっただけで、世界はまた変わった。
　あたしは泣き笑いしながら、手の甲で涙をゴシゴシ拭う。
　見たいものが涙で溢れて見えないなら、何度でも拭けばいい。
　そうすればほら、見えるよ。
　あたしと初めてのキスをした、大好きな大好きな凱斗の姿が見える。
　少し離れた生徒玄関でも、大勢の生徒たちが飛びあがって大騒ぎしていた。
　まるでお祭りみたいな集団の中で、たったふたりだけ、静かに向かい合っている姿が見える。

亜里沙と間宮君。

ここから見てもはっきりわかるくらい、顔を真っ赤にした間宮君が、直立不動のガチガチな姿勢で亜里沙になにかを告げている。

亜里沙はそんな彼のことを、いつもの皮肉な態度はまったく見せずに、おとなしく黙って見つめていた。

世界と世界が触れあう瞬間。

今ふたりは、なにを感じているんだろう。

そしてこれから、どんな風に関わりあっていくんだろう。

きっと泣いたり笑ったり、悩んだり傷ついたりしながら、それでも一緒に見つけていくんだ。

これまでの自分たちの知らなかった世界を。

校舎の各クラスの窓辺にも、生徒たちがびっしり集まっていて、窓から身を乗りだすように歓声を上げている。

4階の窓辺の端っこに、見覚えのある顔を見つけた。

……あれは中尾さんだ。中尾さんがこっちを見ている。

あたしと目が合った彼女は小さくうなずいてくれた。

あたしも彼女に向かって微笑みながらうなずき返す。

そして細い雨に頬を濡らしながら、天を見上げてゆっくりと両目を閉じた。

まぶたの裏に入江さんの幻影が見える。

その姿はやっぱり後ろ姿で、顔はどうしても見えないけれど、これまであたしが怯え続けた影とは違っていた。

まぶたを透かす光の中で、彼女は大きく両腕を天に向かって伸ばし、雨を受け止めている。

その全身が銀色に輝く雨の色に染まっていた。
　喜んでいるの？　ねえ、入江さん？
　思わず開いた目に、彼女の姿はもう見えなかった。
　地上を駆け抜けた雨もいつの間にか止んでしまって、濡れたアスファルトと湿った制服が、わずかに名残りをとどめるだけ。
　雨の上がった空を見上げていたら、ふと、二度と綴られることのない日記を思い出した。
　白い空行を見た時にも感じた、言いようのない寂寥(せきりょう)が胸に迫る。
　彼女の世界は……終わった。
　でも消滅してしまったわけじゃない。
　だって入江小花という世界と、あたしの世界はたしかに関わりあったから。
　そして変わったあたしが、ここにいる。
　それは彼女の世界が存在した証なんだ。
　雨が急ぎ足で駆け抜けてしまっても、あたしの制服がこうして染まっているように。
　……入江さん。あたしね、生きていこうと思うんだ。
　こんな、思いがけず青空の下で雨に濡れてしまうような、不条理な世界の中で。
　一寸先に何がおこるのかもわからない、濃霧に包まれた"だまし絵"みたいな世界の中で。
　怖いよ。すごく不安だよ。
　思いもよらない出来事がおきてしまう世界なんて、とて

も怖い。
　こんな世界で生きていれば、またいつか必ず悩んで、苦しんで、誰かと傷つけあう日がやってくると思う。
　知っていながら、その日に向かって歩いていかなきゃならないなんて。
　でもね、それでもこの世界には、亜里沙が生まれた。
　中尾さんも生まれて、間宮君も生まれた。
　そしてなにより、凱斗が生まれてくれたんだ。
　たとえこの先どんなに傷ついて泣く日が来ても、生まれてくれてありがとうって、出会ってくれてありがとうって、思える人が存在する。
　かけがえのない人と関わりあって触れあって、自分の世界が変わっていく。
「奏、俺と一緒に行こう」
　校門の手前で立ち止まり、空を見上げているあたしに凱斗が声をかける。
　うん、そうだね。行こう。
　あたしたちは、ここを通り抜けなければならないんだ。
　傘の柄を握る凱斗の手に、あたしは自分の手を重ねた。
　ふたりでしっかりと傘をさし、並んで校門を通り過ぎ、真っ直ぐ前を向く。
　——雨の日に、相合傘で校門を通ったふたりは永遠に結ばれる。
　そんな伝説、心の底から信じているわけじゃない。
　不確かで不条理なだまし絵の世界に、そんな保証なんて

どこにもないことを、あたしは知っている。
　それでも大好きな凱斗と並んで、相合傘で校門を通ることは、無意味じゃないんだ。
　凱斗の手の温もりを感じながら、ここを1歩踏みだすことで、あたしたちの世界がまた変わっていくから。
　関わりあうことは、生きていくってことだから。
　出会えてよかったと心の底から思える凱斗と一緒に、今日も明日もあさっても、あたしは世界を生きていく。

　そして、思うんだ。
　この世界に生まれてきて、よかったって。

【END】

あとがき

みなさま、こんにちは。岩長咲耶です。

このたびは『君の消えた青空にも、いつかきっと銀の雨。』を手に取ってくださって、本当にありがとうございます。

今回ご縁がありまして、こうして野いちごさんから私の作品を文庫化していただけることになりました。

この作品には、世界の不条理と、恐ろしさと、それでも人が生きていくことには価値があるというテーマを、ふんだんに盛り込みました。

世の中、辛いことは山積みで、思い通りにならないこともいっぱいあるし、取り返しのつかないことも、たくさんあります。

自分のせいじゃないのに、苦しまなければならないことも、残念ながら存在します。

この物語の主人公である奏と凱斗も、自分たちの力ではどうしようもできない事柄に悩み、翻弄され、お互いの想いを押し殺し続けました。

それでも結果的に、この先もずっと一緒に歩き続けることを決意します。

今日、雨が降ったとしても、明日もそうとは限らない。

たとえ明日が雨であっても、それは青空が送り届けてくれる銀の雨かもしれない。

そう信じる根拠はどこにもないし、なんの保証もない世

界に向けて踏みだすことは、とても怖いことです。

　それでも、自分以外の誰かの世界に触れて、なにかが変わっていく。

　そして傷つけられたり、救われたり、泣いたり笑ったりして歩き続けた先には、"生まれてきて、よかった"って思う日がきっと待っている。

　それは私が信じる世界であり、願いでもあります。

　どうかこのメッセージがみなさまの心に届いて、勇気のカケラになりますように。

　この本を出版するにあたり、ご尽力くださったすべての方々に心から御礼を申し上げます。

　不安でいっぱいの私を支えてくださった担当編集者の飯野さま。この物語を最初からずっと見守り続けてくださった丸井さま。

　出版を喜んでくれた我が娘にも、この場を借りて感謝を伝えたいです。

　そしていつも応援してくださる読者さま、この作品を愛してくださったみなさまに、心からの感謝を捧げます。

　本当にありがとうございます。またどこかでお会いできますように、願いを込めて。

　　　　　　　　　　　　　　2018. 3. 25　岩長咲耶

この物語はフィクションです。
実在の人物、団体等とは一切関係がありません。

岩長咲耶先生への
ファンレターのあて先

〒104-0031
東京都中央区京橋1-3-1
八重洲口大栄ビル7F

スターツ出版(株)書籍編集部 気付
岩長咲耶先生

君の消えた青空にも、いつかきっと銀の雨。
2018年3月25日 初版第1刷発行

著　者	岩長咲耶
	©Sakuya Iwanaga 2018
発行人	松島滋
デザイン	カバー　平林亜紀
	フォーマット　黒門ビリー&フラミンゴスタジオ
ＤＴＰ	朝日メディアインターナショナル株式会社
編　集	飯野理美
	中澤夕美恵
発行所	スターツ出版株式会社
	〒104-0031 東京都中央区京橋1-3-1　八重洲口大栄ビル7F
	ＴＥＬ　販売部03-6202-0386（ご注文等に関するお問い合わせ）
	http://starts-pub.jp/
印刷所	共同印刷株式会社

Printed in Japan

乱丁・落丁などの不良品はお取替えいたします。上記販売部までお問い合わせください。
本書を無断で複写することは、著作権法により禁じられています。
定価はカバーに記載されています。

ISBN 978-4-8137-0425-6　C0193

恋するキミのそばに。
♥ 野いちご文庫 ♥

大賞受賞作！

「全力片想い」
田崎くるみ・著
本体：560円＋税

好きな人には
好きな人がいた
……切ない気持ちに
共感の声続出！

「三月のパンタシア×
野いちごノベライズコンテスト」
大賞作品！

高校生の萌は片想い中の幸から、親友の光莉が好きだと相談される。幸が落ち込んでいた時、タオルをくれたのがきっかけだったが、実はそれは萌の仕業だった。言い出せないまま幸と光が近付いていくのを見守るだけの日々。そんな様子を光莉の幼なじみの笹沼に見抜かれるが、彼も萌と同じ状況だと知って…。

イラスト：loundraw　ISBN：978-4-8137-0228-3

感動の声が、たくさん届いています！

こきゅんきゅんしたり
泣いたり、
すごくよかったです！
／ウヒョンらぶ さん

一途な主人公が
かわいくも切なく、
ぐっと引き込まれました。
／まは。さん

読み終わったあとの
余韻が心地よかったです。
／みゃの さん

恋するキミのそばに。
❤ 野いちご文庫 ❤

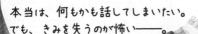
感動のラストに大号泣

本当は、何もかも話してしまいたい。
でも、きみを失うのが怖い——。

おはよう、きみが好きです。

The message I want to tell you first when I wake up

涙鳴・著

本体：610円＋税
イラスト：埜生
ISBN：978-4-8137-0324-2

高校生の泪は、"過眠症"のため、保健室登校をしている。1日のほとんどを寝て過ごしてしまうこともあり、友達を作ることができずにいた。しかし、ひょんなことからチャラ男で人気者の八雲と友達になる。最初は警戒していた泪だったが、八雲の優しさに触れ、惹かれていく。だけど、過去、病気のせいで傷ついた経験から、八雲に自分の秘密を打ち明けることができなくて……。ラスト、恋の奇跡に涙が溢れる——。

感動の声が、たくさん届いています！

💜 何度も何度も泣きそうになって、すごく面白かったです！
（♡Haruka♡さん）

💜 八雲の一途さにキュンキュン来ました‼ 私もこんなに愛されたい…
（捺聖さん）

💜 タイトルの意味を知って、涙が出てきました。
（Ceol_Luceさん）

ケータイ小説文庫　2018年3月発売

『1日10分、俺とハグをしよう』Ena.・著

高2の千紗は彼氏が女の子と手を繋いでいるところを見てしまい、自分から別れを告げた。そんな時、学校一のプレイボーイ・泉から"ハグ友"になろうと提案される。元カレのことを忘れたくて思わずオッケーした千紗だけど、毎日のハグに嫌でもドキドキが止まらない。しかも、ただの女好きだと思っていた泉はなんだか千紗に優しくて…。
ISBN978-4-8137-0423-2
定価：本体560円+税

ピンクレーベル

『キミを好きになんて、なるはずない。』天瀬ふゆ・著

イケメンな俺様・都生に秘密を握られ、「彼女になれ」と命令された高1の未希。言われるがまま都生と付き合う未希だけど、実は都生の友人で同じクラスの朔に想いを寄せていた。ところが、次第に都生に惹かれていく未希。そんなある日、朔が動き出し…。3人の恋の行方にドキドキが止まらない！
ISBN978-4-8137-0424-9
定価：本体590円+税

ピンクレーベル

『夏色の約束。』逢優・著

幼なじみの碧に片想いをしている菜摘。思い切って告白するが、碧の心臓病を理由にふられてしまう。菜摘はそれでも碧をあきらめられず、つきあうことになった。束の間の幸せを感じるふたりだが、ある日碧が倒れてしまって…。命の大切さ、切なさに涙が止まらない、感動作！
ISBN978-4-8137-0426-3
定価：本体560円+税

ブルーレーベル

『キミが死ぬまで、あと5日』西羽咲花月・著

高2のイズミの同級生が謎の死を遂げる。その原因が、学生を中心に流行っている人気の呟きサイトから拡散されてきた動画にあることを友人のリナから聞き、イズミたちは動画に隠された秘密を探りに行く。だけど、高校生たちは次々と死んでいき…。イズミたちは死の連鎖を止められるのか!?
ISBN978-4-8137-0427-0
定価：本体580円+税

ブラックレーベル

ケータイ小説文庫 好評の既刊

『神様修行はじめます!』 岩長 咲耶・著

高校生の里緒が、祖父から遺言として「ここでアルバイトしなさい」と言われた先に向かってみると…なんとそこは、妖の世界への入り口だった! 不思議な猫に案内され、着いたのは"神"と呼ばれる一族のお屋敷。そこにはなぜか、同じ高校の超クール男子・門川くんがいて!? ドキドキ妖ラブ!
ISBN978-4-88381-861-7
定価:本体 580 円+税

パープルレーベル

『空色涙』 岩長 咲耶・著

中学時代、大好きだった恋人・大樹を心臓病で亡くした佳那。大樹と佳那はいつも一緒で、結婚の約束までしていた。ひとりぼっちになった佳那は、高校に入ってからも心を閉ざしたまま過ごしていたが、あるとき闇の中で温かい光を見つけ始めて…。前に進む勇気をくれる、絶対号泣の感動ストーリー。
ISBN978-4-8137-0001-2
定価:本体 570 円+税

ブルーレーベル

『16歳の天使』 砂倉春待・著

高1の由仁は脳腫瘍を患っており、残されたわずかな余命を孤独な気持ちで生きていた。そんな由仁を気にかけ、クラスになじませようとする名良橋。転校すると嘘をつきながらも、由仁は名良橋に心を開きはじめ2人は惹かれ合うようになる。しかし由仁の病状は悪化。別れの時は近づいて…。淡い初恋の切なすぎる結末に号泣!!
ISBN978-4-8137-0406-5
定価:本体 590 円+税

ブルーレーベル

『あの雨の日、きみの想いに涙した。』 永良サチ・著

高2の由希は、女子にモテるけれど誰にも本気にならないと有名。孤独な心の行き場を求めて、荒んだ日々を送っていた。そんな由希の生活は、夏月と出会い、少しずつ変わりはじめる。由希の凍てついた心は、彼女と近づくことで温もりを取り戻していくけれど、夏月も、ある秘密を抱えていて…。
ISBN978-4-8137-0405-8
定価:本体 590 円+税

ブルーレーベル

ケータイ小説文庫　2018年4月発売

『新装版 地味子の秘密 VS 金色の女狐』 牡丹杏・著

みつ編みにメガネの地味子として生活する杏樹は、妖怪を退治する陰陽師。妖怪退治の仕事で、モデルの付き人をすることに。すると、杏樹と内緒で付き合っている陸に、モデルのマリナが迫ってきた。その日からなぜか陸は杏樹の記憶をなくしてしまって…。大ヒット人気作の新装版、第二弾登場!!

ISBN978-4-8137-0450-8
予価:本体 500 円+税

ピンクレーベル

『愛は溺死レベル』 ＊あいら＊・著

癒し系で純粋な杏は、高校で芸能人級にカッコいい生徒会長・悠牙に出会う。悠牙はモテるけど彼女を作らないことで有名。しかし、杏は悠牙にいきなりキスされ、「俺の彼女になって」と言われる。なぜか杏だけを溺愛する悠牙に杏は戸惑うけど、思いがけない優しさに惹かれていく。じつは、杏が忘れている過去があって!?　胸キュン尽くしの溺死級ラブ!!

ISBN978-4-8137-0440-9
予価:本体 500 円+税

ピンクレーベル

『四つ葉のクローバーを君へ。』 白いゆき・著

高1の未央は、姉・唯を好きな颯太に片思い中。やがて、未央は転校生の仁と距離を縮めていくが、何かと邪魔をしてくる唯。そして、不仲な両親。すべてが嫌になった未央は家を出る。その後、唯と仁の秘密を知り…。さまざまな困難を乗り越えていく主人公を描いた、残酷で切ない青春ラブストーリー。

ISBN978-4-8137-0443-0
予価:本体 500 円+税

ブルーレーベル

『傷だらけの天使へ最愛のキスを』 涙鳴・著

高1の美羽は、母の死後、父の暴力に耐えながら生きていた。父と温かい家族に戻りたいと願うが、「必要ない」と言われてしまう。絶望の淵にいた美羽を救うかのように現れたのは、高3の棗(なつめ)。居場所を失った美羽を家に置き、優しく接する棗だが、彼に残された時間は短くて…。感動のラストに涙!!

ISBN978-4-8137-0442-3
予価:本体 500 円+税

ブルーレーベル

書店店頭にご希望の本がない場合は、
書店にてご注文いただけます。